그 남자 264

고은주 장편소설

문학세계사

그 남자 264

고은주 장편소설

문학세계사

차례

수 인 번 호

264

서리 빛을 함북 띄고
하늘 끝없이 푸른 데서 왔다.

강바닥에 깔려 있다가
갈대꽃 하얀 우를 스쳐서

장사壯士의 큰 칼집에 숨여서는
귀향가는 손의 돈대도 불어주고.

젊은 과부의 뺨도 히든 날
대밭에 벌레소릴 갓구어놋코.

회한悔恨을 사시나무 잎처럼 흔드는
네 오면 불길할 것 같어 좋와라.[1]

　그의 이름은 이육사라고 했다. 혹은 이원록, 이원삼 또는
이활. 무엇으로 불리든 그는 264였다. 수인 번호 이백육십
사, 이육사.

　그는 사십 평생 열일곱 번 붙잡히고 갇혔다. 반도와 대륙을

---

1 이육사 시 「서풍」 전문 -《삼천리》(1940.10)

오가며 항일운동에 투신했던 불령선인에게 체포, 구금, 투옥은 하나의 일상이었다. 그 중 첫번째 옥살이에서 얻은 수인 번호가 264. 1927년, 그의 나이 23세일 때였다.

태어나면서 운명처럼 주어진 이름과 달리 필명이나 호에는 자신의 정체성과 삶의 방향성을 담아내게 된다. 그러한 이름을 수인 번호로 지을 생각을 하면서 그는 과연 어떤 마음이었을까? 그 이름으로 시를 발표하고 산문을 발표하면서 그는 세상을 향해 무엇을 말하고 싶었던 것일까?

퇴계의 후손으로 태어나 한학을 배우며 붓을 들었던 남자. 동경으로 유학하고 북경으로 유학하며 펜을 들었던 남자. 의열단이 남경에 세운 군관학교에서 총을 들었던 남자.

그 남자, 이육사가 나의 골방에 들어섰을 때부터 그 방은 내게 감옥이 되었다. 나는 그의 이름으로부터, 목소리로부터, 눈빛으로부터 한 발자국도 나아가지 못하는 수인이 되었다. 그가 내게 한 발자국만 더 가까이 다가오기를 간절히 염원하면서.

하지만 그의 시선은 언제나 세상으로 향해 있었고, 손가락은 어김없이 방아쇠를 당길 준비가 되어 있었다. 그의 총구에서는 종종 불꽃 같은 화약 대신 날카로운 언어가 뿜어져 나왔다. 나와의 첫만남에서도 그러했다.

"그저 아름다웠습니까?"

내가 잠시 머뭇거리자 그는 거듭 물었다.

"단지 아름답기만 했단 말입니까?"

은쟁반에 하이얀 모시 수건이 준비된 식탁을 떠올리며 꿈꾸는 듯 잠시 몽롱했던 나는 잠든 어깨를 툭 치는 듯한 그 서늘한 목소리에 그만 말문이 막히고 말았다.

"그럼 또 뭐가 있어야 하나요? 아름다움 말고."

보다 못한 친구가 나섰다. 서점으로 들어서는 그를 알아보고 "이육사 선생님 아니세요?"라며 호들갑스럽게 다가갔던 친구는 그가 목례만 하고 이내 서가로 눈길을 돌리자 "유명인사 아니랄까 봐 꽤나 쌀쌀맞네."라고 내게 귓속말만 했을 뿐이었다.

지난 달 《문장》에 발표된 시 「청포도」가 무척이나 아름다웠다고 말하며 그에게 다시 다가간 건 나였다. 시의 도입부를 외워 보이기까지 했다. '내 고장 칠월은 청포도가 익어가는 시절, 이 마을 전설이 주저리 주저리 열리고…'

아이보리색 양복에 보타이를 매고 서양식 지팡이까지 짚고선 저 남자가 정말 이육사라고? 확인하고 싶기도 했었다. 말쑥한 차림새로 안경을 쓰고 책을 살펴보는 모습은 비밀스레 독립운동하러 다닌다는 사람 같지 않았다. 종로 뒷골목 이 작은 책방에 들어올 사람조차 아닌 듯 보였다.

"청포도를 노래한 시에서 아름다운 거 말고 또 뭘 느껴야 하지요? 포도 맛? 포도 냄새? 아니면, 낭만?"

친구는 계속 시비를 걸었지만 그는 단정한 자세와 흔들림 없는 눈빛으로 말했다.

"그만 둡시다."

어쩔 수 없이 그만 두는 것이 아니라 귀찮아서 그만 두려 한다는 마음이 묻어나는 어투였다. 그것이 나를 자극했다. 곧 다시 평화로운 얼굴로 돌아가 서가의 책들을 둘러보는 옆모습은 나를 더욱 자극했다.

"역시, 선생님은 이 나라 여자를 좋아하시지 않는군요."

그의 목소리처럼 조용하고 차분했으면 싶었지만 나는 그만 발끈한 어조로 말해버리고 말았다. 그리고 그 순간, 반짝 빛나던 그의 눈을 보고 말았다. 틀림없이 나를 노려보던.

"보들레르의 말을 인용하며 시작하는 그 글을 읽은 모양입니다."

그는 천천히, 그리고 또박또박 말했고 놀랍게도 그의 눈빛은 그 사이에 온화하게 변했다. 방금 전에 분명히 나를 노려보았던 눈이 어느새 잔잔하게 가라앉아 있었다.

"네, 바로 그 글, 「모멸의 서」가 참 잊히지 않네요. '조선 지식여성의 두뇌와 생활'이라는 부제까지 붙여서 신여성에 대한

11

혐오를 드러내었던…"

나를 노려보던 그 눈빛의 잔상에 사로잡혀서 나는 소리치듯 말을 이어나갔다. 하지만 그의 눈빛은 이미 평온해져 있었고 그의 목소리는 점점 더 차분하게 가라앉고 있었다.

"어찌되었든, 그건 보들레르가 한 말이지 저의 말은 아닙니다…"

하지만 방금 내가 내뱉은 말들은 분명한 나의 말. 그러니 수습하듯 또 말을 이어나갈 수밖에.

"네, 저는 그 말을 타쿠보쿠의 시로 알고 있었는데 덕분에 보들레르도 알게 되었습니다."

"어찌되었든, 그 글이 비판하고 있는 대상은 경박한 유행을 좇는 모던 걸이지 이 나라 여자 전체가 아닙니다."

거듭 부인하는 그의 말투가 어느새 딱딱해지고 있었다. 정말 수습이 필요한 순간이었다.

"네, 알겠습니다. 생각보다 친절하시군요."

한번쯤 꼭 만나보고 싶었던 그를 이렇게 가까이서 보게 되었는데 왜 대뜸 이상한 말들이나 늘어놓았을까? 후회하고 있는데 또 다시 친구가 끼어들었다.

"그러면 제목부터 '일부' 조선 지식여성이라고 쓰셨어야죠. 오해할 만한 보들레르의 말을 서두부터 인용해서 오해를 불러일으키지도 말았어야죠."

나와 함께 그 글을 읽으며 흥분했던 친구가 다시 그때처럼 흥분하고 있었다. 그녀의 감정이 고조되는 만큼 그의 목소리는 더욱 딱딱하게 굳어졌다.

"보들레르를 인용하며 시작했던 그 글의 마지막엔 공자의 글이 인용되어 있는 것, 기억하실지…"

후회한 것도 잠시, 이번엔 내가 그만 흥분하고 말았다. 그 글이 머릿속에서 또렷이 떠오른 까닭이었다.

"네, 기억합니다. 원즉원遠則怨 근즉불손近則不遜, 가까이 하면 불손해지고, 멀리하면 원망한다는 뜻이라지요? 그러니 소인들은 이만 물러나겠습니다. 다만, 한 가지만 더 말씀 드리지요."

친구의 눈이 화들짝 커졌다. 말하면서 내 스스로도 놀랐으니 당연한 일이었다. 그도 나를 빤히 바라보았다. 처음처럼 노려본 건 아니었다. 무슨 말이든 한번 해보라는 듯, 얼마든지 들어줄 수 있다는 듯한 표정이었다. 그 눈길에 이끌려 나는 말을 이어나갔다.

"모던 걸이든 신여성이든 조선 지식여성이든 모든 것이 그렇듯 장점도 있고 단점도 있겠지요. 그 중에 단점만 바라보며 비난하는 것은, 그 비난에도 이른바 에너지가 필요할 것이므로, 일본이나 친일파에게로 향해야 할 분노의 에너지가 분산되는 결과를 불러올 뿐이라고 생각합니다. 새로운 문명을 누리려는 본능, 그 과정에서의 시행착오조차 혐오로 만들면서 에너지를 낭비할 필요가 있겠습니까? '조선 문화는 세계 문화의 일류' 같은 훌륭한 글도 쓰신 분이…"

제법 당차게 말을 하고 있다 싶었으나 점점 열이 올라 마무리를 못하고 머뭇거리는데, 그가 미소를 지으며 말했다.

"생각지도 못했던 부분을 지적해 주시는군요. 고맙소."

나의 두서없는 의견을 너무 순순히 받아들여서 의아할 지경이었다. 이것 또한 '그만 둡시다'의 다른 표현인가 싶기도 했다.

과연 그는 다시 서가를 둘러보며 딴소리를 하기 시작했다.

"저녁에 서점을 돌아다니면서 묵은 책을 뒤져보는 건 내 오랜 습관이오. 그래서 종로통은 뒷골목까지 꿰고 있다고 생각했었는데… 아무리 작다고 해도 이제야 내 눈에 띈 건 참으로 신기한 일입니다. 고서점과 신간서점과 대여점까지 겸하고 있는 책방이라는 것도 특이하고… 게다가, 동해서점이라… 그냥 지나치기엔 꽤나 낭만적인 이름이군요. 그쪽 바다를 좋아하는 나만의 개인적 낭만인지도 모를 일이지만… 혹시 그쪽이 고향입니까?"

"아닙니다. 가보지 못한 곳이기에 늘 그리는 곳이지요. 동쪽이라는 방향이, 바다라는 장소가, 늘 그렇게 꿈처럼 저를 끌어당기는 것 같아요."

"명사 오십리 동해의 잔물결은 가히 꿈이 될 만하지요. 깨끗한 일광은 해면에 접촉될 즈음 유달리 빛이 납니다. 저는 몇 번을 가보았어도 이리 그리우니, 가 본 이에게나 못 가본 이에게나 모두 그리운 곳이 동해인가 봅니다."

"「청포도」 시에 등장하는 '가슴을 여는 바다'에서도 저는 동해를 떠올렸어요. 아직까지 제게 시라는 것은, 하나의 이미지인 것 같습니다. 구겨진 하늘은 묵은 얘기책을 편 듯하다 노래하셨던 「초가」라는 시는 고향을 그린 묵화의 이미지 그대로였고, 해당화 같은 뺨을 지닌 이국소년이 등장하는 「소공원」이라는 시는 선생님께서 백공작 꼬리 위에 함북 퍼지는 한낮의 햇발을 제 눈앞에 선연히 펼쳐 보여주는 느낌이었답니다."

마음을 고백하듯 목소리가 떨렸다. 아닌 게 아니라 그의 시를 읽으며 느꼈던 내 마음의 고백이긴 하였다. 하지만 그는 고백을 무시하듯 엉뚱한 질문을 던졌다.

"여기, 사회주의 책도 있습니까?"

친구가 돌아서며 입을 삐죽거리는 게 보였다. 영락없이 극장에서 숨죽여 로맨스 장면을 지켜보다 김이 빠진 모습 같았는데, 덕분에 나는 여유를 되찾을 수 있었다.

"그럼요. 이제 사회주의는 일반상식 아닙니까?"

넉살 좋게 책 광고의 문구까지 인용하며 나는 『자본주의의 기교』라든지 『무산계급의 역사적 사명』 따위의 책이 꽂혀 있는 서가 쪽으로 그를 안내했다.

"그래도 소설이 제일 인기가 있겠지요? 신간은 주로 환선서점에서 보는데 거긴 이광수나 김동인이나 심훈의 소설이 최고 인기라고 합디다."

"이런 작은 책방엔 심청전, 춘향전, 장한몽 같은 게 더 인기가 많아요. 『근대의 연애관』이나 『연애와 결혼』도 여전히 잘 나갑니다. 러브레터를 모아놓은 『사랑의 불꽃』은 영원히 인기가 꺼지지 않을 듯도 해요."

우리의 대화를 외면하고 있던 친구가 다시 나를 돌아보며 피식 웃길래 나도 슬쩍 웃어주었다. 문득, 그의 얼굴에도 옅은 미소가 떠오른 것 같았다. 마치 서쪽에서 불어오는 바람처럼.

내 고장 칠월은
청포도가 익어가는 시절

이 마을 전설이 주절이 주절이 열리고
먼데 하늘이 꿈꾸며 알알이 들어와 박혀

하늘 밑 푸른 바다가 가슴을 열고
흰 돛단배가 곱게 밀려서 오면

내가 바라는 손님은 고달픈 몸으로
청포靑袍를 입고 찾아온다고 했으니

내 그를 맞아 이 포도를 따 먹으면
두 손은 함뿍 적셔도 좋으련

아이야 우리 식탁엔 은쟁반에
하이얀 모시 수건을 마련해 두렴[2]

그가 돌아가고 난 뒤, 나는 서가에서 《문장》 8월호를 찾아 펼쳐들었다. 내겐 그저 아름다웠던 시 「청포도」를 다시 곱씹어 읽어 보았다. 하지만 여전히 두 손을 함뿍 적셔오는 포도의 촉감, 은쟁반에 하이얀 모시 수건이 세팅된 식탁의 이미지만이 선연할 따름이었다.

"연애시나 외우고 다닐 법한 모던 보이 차림에 웬 꼬장꼬장한 선비 행세라니?"

친구가 투덜거릴 때 나는 그의 반듯한 태도와 조용한 말투, 그러면서도 한 번씩 번뜩이던 눈빛을 떠올리며 맞장구쳐 주었다.

"그러게 말이야. 나도 모르게 자꾸 말대꾸를 하게 만드는 묘

---

2 이육사 시 「청포도」 전문 - 《문장》(1939.8)

한 재주를 지녔더라."

"그래도 너무 그렇게 꼬박꼬박 말대꾸하지는 마. 가게 손님인데… 다음엔 이원조 선생이랑 같이 올 수도 있는 거잖아?"

말하며 친구는 눈을 찡긋거렸다. 문인들의 아지트라는 명치정〔명동〕의 다방을 드나들며 알게 된 문학평론가 이원조를 말하는 것이었다. 물론 친구는 먼발치에서 문인들을 구경이나 하는 문학소녀에 불과했다. 문학하는 이들이 낭만적인 연애 상대로 인기가 있었던 그 시절에 더구나 문학을 공부하고 있던 친구는 더더욱 그들에게 관심이 많았다.

나 또한 문학을 공부하고 싶었으나 학업을 그만 둘 수밖에 없었던 처지였으므로 친구가 전해 주는 소식은 늘 재미있고 반가워 귀를 쫑긋 세우곤 했다. 일 년 전쯤, 그에 대한 이야기를 친구가 처음 들려주던 때에도 그랬다.

"오늘 문인 기자들 모임이 있었는지 정말 많은 이들을 한꺼번에 봤어. 김기림도 보고, 백석도 보고… 나랑 같이 있던 애들도 그쪽 자리를 훔쳐 보느라고 난리였지. 근데 내 눈엔 이원조 기자가 최고더라! 모란꽃 같다는 얼굴이 저런 건가 싶더라고."

그날, 친구의 인물평은 그동안 주워들었던 얘기들과 예전에 봤던 인물에 대한 추억까지 결합해서 흥미진진하게 펼쳐졌다.

"그런데 역시나 이원조는 황족의 손녀와 결혼을 했다지 뭐야? 유명 평론가인데다가 일찍이 신춘문예에 시와 소설도 연달아 당선된 문사니 황실이 아니더라도 어디서든 탐을 냈겠지. 퇴계 이황 집안의 자제라던데, 형과 동생까지 삼형제가 조선일보 기자라고… 참, 그 형이 이육사 시인이라더라. 대구지국에 있다가 서울 와서는 글만 쓴다던데… 전에 네가 궁금해했던 그 시인 맞지?"

그랬다. 《자오선》 동인지를 읽다가 이육사의 시 「노정기」가 너무 좋아서 친구에게 그에 대해 물어본 적이 있었다. 그래서 그날부터 우리는 함께 지난 잡지와 문예지를 뒤지며 이원조와 이육사의 글을 찾아 읽는 놀이를 시작했다. 보통학교 때부터 자매처럼 친했던 우리가 형제의 글을 찾아 탐닉하는 건 꽤나 재미난 일이었다.

"이원조의 냉혹한 필력 앞에서는 낭만파도 감각파도 다 죽는구나. 내로라하는 문인들한테 어쩌면 이렇게 혹독하게 비평을 하지? 글이 어려워서 내가 다 이해는 못하겠지만 펜을 아주 칼처럼 휘두른다는 건 느껴져. 동경 법정대에서 앙드레 지드를 연구했다길래 로맨틱한 면이 있을 줄 알았는데…"

친구가 그렇게 아우에 대해 떠들면 나는 형에 대해 이렇게 읊어대는 식이었다.

"이 사람은 시도 쓰고 수필도 쓰고 시사평론에 문화비평에

19

번역까지 하네. 시사평론 쪽 글을 쓸 때는 주로 '이활'이라는 필명을 쓰면서 논리적으로 서구적 교양을 보여주는데 시나 수필은 '육사'나 '이육사'라는 이름을 쓰면서 감성적이면서도 동양적인 문화를 드러내고 있으니 과연 이게 다 같은 사람이 쓴 게 맞나 싶기도 해."

그러다가 그가 쓴「모멸의 서」를 읽으면서 둘이 함께 흥분하기도 했던 것이다. 하지만 결혼에 대한 현대 여성의 허영심과 예속적인 삶을 일반화하여 지적한 부분은 불쾌했으나 그 해결책으로 추종과 모방을 버리고 제 자신을 가져야 한다는 것, 특히 경제 문제를 해결하고 독립하라는 말은 고개를 끄덕이게 하는 면이 있었다. 결혼에 대한 우상화를 예리하게 지적한 다음과 같은 부분에서는 큰 공감이 느껴지기도 했다.

벌써 신추新秋라고 완연히 지금의 경성은 결혼 시즌이 돌아오듯이 거리를 걸어가면 무슨 관 무슨 원 할 것 없이 요리집 문전에는 거의 매일 한 곳도 빠짐없이 모 군 모 양의 결혼 피로연회장이라는 간판을 보는 것이다. 두 사람이 서로서로 이해하고 사랑하고 그래서 결합된 것이 이상적인 결혼일 것이다. 그런데 지금의 여성에게 있어서는 결혼에 중요한 것은 다이어 가락지고 결혼의식인 것이다.

의식도 무슨 의식이 외국 사람의 결혼 등기소에서 등기할 수 있는 그런 기관은 아직 조선에 없으니 말할 바 아니나 훨씬 간략한 의식으로 마친다 해도 될 것을 이것 좀 보라는 듯이 수백 수천의 돈을 들여가며 악을 쓰고 광고를 하는 것은 그것을 '광고 결혼'이라면 새로운 명칭은 될지 모르나 그 무슨 신화이며 우상화인가? 신랑신부가 서로 사랑했고 사랑하고 사랑할 자신이 또는 그런 신념이 있다면 어떠한 형식이라도 알맞게 살면 그만일 것을 그와 같은 의식에 구속되어 신성해야 할 일생에 두 번 있지 못할 결혼을 우상화한다는 것은 아무 사랑도 없고 이해 없는 배우자들이 혹은 구도덕의 희생자로서나 또는 어떤 정책적인 결혼의 노예로서가 아니면 할 수 없는 인간 모독이 아니면 무엇이냐.[3]

하지만 한창 결혼 상대를 물색하며 화려한 결혼식을 꿈꾸는 중인 친구는 나의 공감을 무시하며 말했다.

"그래서 본인은 사랑하는 여성과 간략하게 결혼했는지 한 번 물어보고 싶네. 지난 번에 신석초, 이병각 같은 이들과 어울리고 있는 이육사를 본 적 있다고 했잖아? 그때 문우들이 선생 댁 자제라고 치켜세우다가 조상 뼈다귀 작작 팔아 묵어라 놀리기도 했던 걸 보아하니 틀림없이 집안에서 정해준 처자와 사모관대에 폐백에 시끌벅적 결혼했을 듯하구만."

"그래도 그건 우리 전통 의식이잖아. 이 글에서도 결혼이든

3 이활 시사평론 「모멸의 서書-조선 지식여성의 두뇌와 생활」 중에서 - 《비판》(1938.10)

뭐든 무분별한 신문화의 추종과 모방을 비판하고 있는 거고.”

“그러니까 양반 타령이라는 거지. 조선이 망한 지가 언젠데, 전통은 무슨…”

친구는 그렇게 말하며 입을 삐죽거리다가 또 이런 말을 덧붙이기도 했다.

“참, 내가 그때 얘기했었나? 이육사가 의열단이라는 얘기도 있다고…”

“의열단?”

나는 놀라서 되물을 수밖에 없었다. 요인 암살과 건물 폭파 등으로 일본이 가장 두려워한다는 그 의열단? 일제 군경과 관리들은 물론이고 친일파들도 그들을 무서워해서 의열단을 사칭하는 강도까지 등장했다던데…

“그래, 불쑥 나타나서 폭탄 던지고 권총 들이대는 그 의열단 말이야. 그쪽을 좀 아는 친구가 얘기해 줬는데, 친하게 지내는 문인들조차도 그 사람 행방을 모르는 때가 종종 있다더라. 책상머리에 앉아 안경 고쳐 올리며 글이나 끼적일 듯한 얼굴을 하고서는… 아무튼 참 알 수 없는 인물이야.”

그가 우연히 나의 책방에 들어와 「청포도」와 신여성에 대해 토론했던 그때, 지구상에서는 제2차 세계대전이 시작되고 있었다. 전쟁에 몰두하는 소수의 강대국과 그들의 식민지가 된

다수의 약소국으로 세계가 나뉘어졌던 시기였다. 우리나라를 강제로 빼앗고서도 한일합방이라 주장하며 수탈과 만행을 저질러오던 일제는 이제 군국주의의 깃발 아래 우리를 전쟁의 노예로 만들고자 날뛰고 있었다.

총탄과 화약 냄새 가득한 지구에서 누군가 시를 쓴다는 것 자체가 귀한 시절이었다. 군가가 아니라 아름다운 노래를, 그것도 식민지의 예술가가 고단함을 딛고 노래한다는 것은 더더욱 귀했다. 그런데 그는 아니라고 했다. 그 시가 단지 아름다울 뿐이었냐고 내게 물었다.

나라가 망하고 빈곤에 찌들려도 아름다움을 보는 눈빛은 꺼지지 않았다. 오히려 그래서 더욱 아름다움으로부터 위로받을 수 있었다. 적어도 나는 그랬다.

1939년 가을의 경성은 불균형이 빚어내는 카오스로 혼란스러웠다. 지나친 현란함과 지나친 어둠, 지나친 가벼움과 지나친 무거움. 그 사이에서 많은 이들이 수탈과 악행과 치욕을 잠시 잊을 수 있는 소비 유흥 문화에 빠져들었다. 백화점, 다방, 술집, 영화, 유성기… 노면 전차길과 구불구불한 골목길을 따라 식민지의 욕망은 어지러이 흘러다녔다. 하지만 일본인과 조선인, 자본가와 노동자, 그들 사이의 거리는 여전히 멀었다.

나는 그 모든 것을 외면하고 오로지 문학 안에서 아름다움

을 좇고 있었다. 그것조차 현실 도피라 해도 상관없었다. 내가
태어날 때부터 이 땅은 식민지였다. 30년 전에 망했다는 그 나
라에서 살아본 적이 없으므로 나는 아쉬울 것도 없었다.

그와의 짧은 마주침 이후에도 나는 그의 시들을 아름다움으
로 읽었다. 어느 수필을 읽다가 그가 그리워하는 바다가 동해
송도원 쪽이라는 것을 알게 되었을 때에도 나는 그가 그려낼
바다의 아름다움만을 기대하고 있었다. 그런데 뜻밖에도 그
바다는 태풍을 품고 있었다.

태풍이 몹시 불던 날 밤, 온 시가는 창세기의 첫날밤같이 암흑에
흔들리고 폭우가 화살같이 퍼붓는 들판을 걸어 바닷가로 뛰어 나
갔습니다. 가시덩굴에 엎어지락 자빠지락, 문학의 길도 그럴는지
는 모르지마는 손에 든 전등도 내 양심과 같이 겨우 내 발끝밖에는
못비치더군요.

그러나 바닷가에 거의 닿았을 때는 파도 소리는 반군叛軍의 성
이 무너지는 듯하고, 하얀 포말에 번개가 푸르게 비칠 때만은 영롱
하게 빛나는 바다의 일면! 나는 아직도 꿈이 아닌 그날 밤의 바닷
가로 태풍의 속을 가고 있을지도 모릅니다.[4]

그가 말했던 동해의 빛나는 잔물결은 어디에도 없었다. 하

---

4 이육사 수필 「질투의 반군성叛軍城」 중에서 -《풍림》 제6집(1937.5)

얀 포말에 번개가 푸르게 비칠 때만 영롱하게 빛나는 바다가 있을 뿐이었다. 그토록 그립다는 바다에서 그는 암흑과 폭우와 태풍과 맞서고 있었다.

그의 가슴 속에서 끓어오르고 있는 그 무엇, 참을 수 없는 그 무엇이 느껴져 잠시 눈을 감았다. 그의 시나 산문을 되풀이해 읽다 보면 종종 그렇게 호흡을 가다듬게 되었다. 위험하고 불길하게 여겨지는 열정, 그 속에서도 아름다움이 만져지는 순간이었다.

"어쨌든 너한테 관심을 보인 건 사실이야. 뒷골목 서점 주인한테 군이 그렇게 말을 섞을 필요는 없잖아? 긴 저고리에 검정 통치마 얌전히 차려입고서 머리끝은 가지런히 짧게 잘라 최승희처럼 최신 단발을 했으니 이 여자는 대체 뭔가 싶었겠지. 동경에 가서 어떤 무용가 인터뷰했던 글도 봤잖아. 초반부터 최승희 언급해 놓은 거…"

계속해서 그의 글을 뒤적이고 있는 나를 보며 친구는 놀리듯 말했지만 나는 아랑곳없이 그의 글을 읽어가며 대꾸했다.

"최승희, 김민자, 박계자. 세 명을 다 언급하며 시작하는 글이었어. 동경에서 조선인 무용가를 인터뷰하는 도입부에서 빼놓을 수 없는 세 사람의 이름이었고."

"그러고 나서 속사포 탄알처럼 던졌던 질문들 좀 떠올려 봐.

무용과 리얼리즘은? 문학에 대한 취미는? 장래의 가정은? 유행에 대해서는? 연애 경험을 들려주시오… 말이 통하고 관심이 가는 여자한테는 그렇게 짓궂은 질문을 던지는 사람인 것 같아."

"나는 그런 잘난 여자들하고 다르지. 망해버린 장사군의 딸이 책방 하나 차려놓고 가족들 먹여 살리려고 애쓰고 있는 것뿐인데…"

정말이지 그것뿐이었다. 공부를 계속하고 싶었던 꿈을 접고 돈을 벌기 위해 나선 이후, 나는 그나마 다른 가게가 아닌 서점을 한다는 걸로 위안을 삼고 있었고 오로지 책 속으로만 도피하고 있었다. 비참한 현실을 잊기 위한 방편으로서의 독서. 그의 시와 산문을 거듭 읽는 것도 그런 도피의 시간 중 하나일 뿐이었던 것이다.

그러니까 그때까지는 내가 아직 그에게 갇히지는 않았다는 얘기다. 그때까지는 그가 나의 책방에 들어왔을 뿐, 아직 나의 골방에 들어서지는 않았으니까. 그때까지는 그저 아슴아슴 아련한 기운이 정체불명의 길로 나를 이끌었을 따름이니까.

그리고 적어도 내가 생각하기에 그때까지는, 그의 시에서 뚜렷한 저항이나 투지가 느껴지지는 않았다. 그저 하나의 선명한 이미지, 그저 하나의 잊을 수 없는 아름다움, 그것으로만 오해하며 오로지 나만의 환상 속에서 시의 세계를 헤엄쳐 다녀도 터무니없지는 않은 상황이었다.

때로는 도발적 이미지 속에서 가물가물 어떤 심지가 느껴지는 시도 있었지만… 그가 무엇을 말하고자 하는지, 가슴에 무엇을 품고 있는지, 요령부득이어서 오히려 더욱 역설적으로 조금은 뭔가 알 것도 같은… 예를 들면, 「아편」같은 시.

나릿한 남만南蠻의 밤
번제燔祭의 두렛불 타오르고

옥돌보다 찬 넋이 있어
홍역이 만발하는 거리로 쏠려

거리엔 노아의 홍수 넘쳐나고
위태한 섬 우에 빛난 별 하나

너는 그 알몸동아리 향기를
봄마다 바람 실은 돛대처럼 오라

무지개같이 황홀한 삶의 광영
죄와 곁드려도 삶직한 누리.[5]

---

5 이육사 시 「아편」 전문 – 《비판》(1938.11)

마침내 그가 내 방에 들어선 것은 그 가을이 한창 무르익어 가던 어느 밤이었다. 초저녁부터 내린 비가 늦도록 그치지 않고 있던 밤.

서점 영업을 끝내고 골방으로 들어갔던 나는 누군가 문을 두드리는 소리에 다시 가게로 나왔다. 방에서 들고 나온 램프가 무슨 신호라도 되는 듯 문 두드리는 소리는 불현듯 그치고 다급한 목소리가 들려왔다.

"문 좀 열어줘요. 나, 이육사요."

나는 귀를 의심하며 문 가까이 다가갔다. 서점 유리문 밖으로 사람의 형체가 어둑히 보였는데 아무리 봐도 그 차림새가 내가 아는 그의 모습이 아닌 듯했다. 램프를 들어올려 얼굴 쪽을 비춰 봐도 마찬가지였다.

"이육사란 말이요. 청포도, 아니, 보들레르를 말해야 알겠소?"

그가 거듭 다급히 말했다. 손이 떨리고 목소리가 떨렸다.

"무슨 일이신지…"

문을 열며 겨우 입을 떼는데 그는 서점 안으로 불쑥 들어와 재빠르게 문을 닫고 잠그며 골방 쪽을 가리켰다.

"저 안으로 날 좀 숨겨줄 수 있겠소?"

"저긴…"

머뭇거릴 새도 없이 그가 내 어깨를 돌려세워 앞세우며 말했다.

"불빛부터 가려야 해요. 몸으로 램프를 가리면서 저 안으로 들어가 줘요, 어서!"

책장을 짜 맞추고 남은 자투리 공간에 겨우 한 사람 몸을 비켜 들어가게 만든 출입문. 골방으로 통하는 그 작은 문을 그가 어찌 아나 싶어 어리둥절한 채로 나는 홀린 듯 앞장서서 그를 골방으로 안내했다.

방 안에 들어서자마자 그는 또한 방문을 재빠르게 닫고 잠금 장치를 찾았다.

"잠금쇠 같은 건 없어요. 어차피 발로 차기만 해도 부서질 문이에요. 문만 잘 닫으면 불빛은 새어나가지 않을 겁니다."

그러니 서점 문이 열리지 않기만 기다려 보자고 덧붙여 말하는데 골방의 창밖으로 어지러운 발걸음 소리가 들려왔다. 나는 얼른 창문으로 손을 뻗어 두꺼운 커튼을 더욱 꼭꼭 여몄다. 두런두런 떠들어대는 목소리까지 겹치면서 발걸음 소리는 더욱 어지러운 궤적을 그리고 있었다.

바깥의 소리가 잦아들기를 기다리며 꼼짝없이 선 채로 나는 그의 모습을 찬찬히 살펴보았다. 모자를 푹 눌러쓴 데다 수염을 깎지 않고 안경까지 없으니 그 또렷한 목소리만 아니라면 도무지 알아볼 수 없는 얼굴이었다. 허름한 진회색 점퍼와 작업복 같은 검은 바지 차림에서 지난 번 그 아이보리색 양복의 신사를 찾아볼 길은 더더욱 없었다.

그도 역시 아무런 말을 할 수 없는 상황에서 우뚝 선 채로 나의 앉은뱅이책상 위에 시선을 두고 있었다. 펼쳐 둔 책을 읽어내기라도 하는 듯한 눈길이었다. 하지만 램프는 아직 내 손에 있었으니 어두운 책장의 글자들이 눈에 보일 리 만무했다. 우리는 그저 그렇게 각자의 시선을 다른 곳에 둔 채 바깥의 소란이 사라지기를 기다리고 있을 따름이었다.

"안경을 쓰지 않고도 잘 보입니까?"
더 이상 아무 소리도 들리지 않는다 싶을 즈음, 나는 그에게 불쑥 물어보았다. 누군가 이 정적을 깨뜨려야 할 순간이었다.
"램프 좀 이리 가까이."
그는 대답 대신 내게 명령하며 책상 가까이 다가가 앉았다. 그리고 내가 비춰주는 램프의 불빛에 의지해 책상 위에 펼쳐진《문장》과월호를 살펴보며 말했다.
"김연실전… 이 소설이 요즘 장안의 화제라던데, 재미는 좀 있던가요?"
거두절미 딴소리로 넘어가면서 그는 어느새 차분한 태도와 조용한 말씨로 돌아와 있었다. 하지만 서점에 들어설 때부터 번득이던 눈빛은 여전히 살아 있었다. 나는 램프를 책상 옆에 놓으며 말했다.
"하도 기가 막혀 작가한테 항의라도 할 생각으로 거듭 읽고 있었습니다."

안경 착용에 대한 내 질문에는 대답할 생각이 없어 보이길래 나도 딴소리로 호응하기 시작했다. 쫓기는 사연 따위는 더구나 말하고 싶어하지 않을 것 같았으므로.

"이 소설이 김탄실이라는 여류문사를 모델로 했다면서요? 신여성들의 사생활로 선정적인 기사를 만들려고 없는 이야기까지 지어낸다는 건 알고 있었지만, 과장된 소문에다 허구까지 더해서 이런 소설로 야유하고 풍자하는 건 너무하지 않나요? 여성이 등단하여 소설도 쓰고 시도 쓰며 활발히 활동한 것이 신남성 동료들에게는 무척이나 아니꼬웠던 모양입니다."

말하면서 나는 또 흥분하고 말았다. 속에 담아놓은 말들을 마구 꺼내놓게 하는 그의 묘한 눈빛 때문이었으리라.

"그거야말로 '일부' 남성들의 마음 아니겠소? 나는 그 여류의 출생 신분이나 연애 사실 같은 건 관심 없어요. 오히려 그런 것들로 공격받았을 때 반박문을 쓰고 고소를 하고 분노의 시까지 쓰는 저항 행동을 응원했어요. 사건의 경위야 어떻든 자신보다 강한 상대를 향해 저항한다는 건 매우 중요한 일이니까… 그래서 이번 소설에 대한 그이의 태도도 궁금한 참입니다."

"속편까지 나왔지만 아직 아무런 행동이 없는 걸로 알아요. 그동안 그토록 조롱당하며 짓밟혔으니 무슨 힘이 남아 있겠습니까? 김탄실에게 탕녀라고 모욕하는 남자들이야말로 그들 내면의 더러운 욕망을 들여다봐야 한다고 생각해요. 일본과 싸울 용기도 없고 가부장제를 지킬 힘도 없는 남자들이 그저 혼자 사는 약한 여성한테나 공격을 하고 있으니… 기생첩이나 끼고 놀 줄 알았지 신학문을 배운 여성과는 제대로 연애할 능력조차 없어서 그러려니 이해는 합니다만."

조곤조곤 설명했던 그의 차분한 목소리가 오히려 더욱 나를 자극하는 바람에 이야기가 멋대로 널을 뛰는데, 느닷없이 그가 웃음을 툭 터뜨렸다.

"그대는 대체 어느 나라 사람이오? 도무지 이 나라 여자가 아닌 듯하니… 저 먼 어느 사막의 나라? 사라센?"

가벼운 웃음소리의 여운 속에 들려오는 그의 목소리가 다정했다. 그러니 또다시 무장해제 될 수밖에.

"아, 정말 먼 나라로 가고 싶어요. 동경은 내게 정말 동경憧憬의 도시였는데… 이 소설을 읽다 보니 아무리 풍자라고 해도 동경 유학생들이 저렇게 허영과 방탕에 빠져 있었나 싶기도 하네요. 선생님의 유학생활은 그렇지 않았겠지요?"

"그러니 소설 아니겠소? 어디든 '일부'의 문제적 인물들은 있겠지만… 내가 동경에 갔을 때에는 관동 대지진 직후여서 조선인 학살의 여파가 남아 있던 터라 그런 일은 꿈도 꿀 수 없었지요. 조선인에 대한 증오와 헛소문과 멸시와 학대는 정말 상상을 초월하는 것이었으니까… 동경 유학생들이 모여 삼일운동보다 먼저 독립선언을 했던 그 건물도 지진으로 무너지고 없었어요."

그의 얼굴이 다시 딱딱하게 굳어지고 있었다. 나는 무어라 대꾸하기도 힘들어 가만히 그의 말을 듣고만 있었다.

"내 나이 이십 세에 현해탄을 건널 때, 머릿속에는 삼일독립 선언서가 들어 있었어요. 고향에서 삼일만세운동 소식을 전해 들었던 십오 세 때부터 읽고 또 읽으며 다 외웠던 글이니까… 머릿속에 있는 이 글을 놈들이 없애지는 못할 테니 일본에서 더 많은 이들에게 전해 주리라 생각했었는데… 현실은 너무 비참하고 억울하더군. 저들은 우리를 이렇게 짐승처럼 취급하는데 독립선언문이나 낭송해서 과연 뭐가 달라질까? 저들이야 말로 짐승 같은 무리들인데 이런 말들을 알아듣기나 할까? 결국 몇몇 학교와 몇몇 단체를 전전하다 유학 생활 일 년도 못 채우고 돌아오고 말았습니다."

"그래서 그런 위험한 일을 시작하게 된 건가요?"

문득 궁금해서 묻자 그가 의아한 듯 나를 보았다. 신분이나 활동 상황을 숨겨야 할 처지일 테니 순순히 인정할 리 없겠다 싶어 나는 내처 물었다.

"의열단이라면서요? 오늘은 어디에 폭탄이라도 던지고 오는 길입니까? 누구의 머리에 총을 쏘기라도 했나요?"

뜻밖에도 그의 얼굴에 다시 미소가 떠올랐다. 그리고 눈빛

마저 온화하게 변하며 내 질문에 반문했다.

"의열단이든 아니든 이제 그런 소집단 폭렬 투쟁 같은 걸로 되겠습니까? 군사조직으로 무력 항쟁을 하고 유격전을 해도 모자랄 판에…"

"그러니까 의열단이 맞군요."

"독립투쟁 하는 단체가 의열단만 있는 것은 아닙니다. 그리고 의열단은 이제 조선의용대라는 군대 형태로 개편되었어요. 조선의 의병부터 시작된 항일단체는 삼일운동 이후로 수없이 생겨났고 만주로 연해주로 중국으로 옮겨 다니며 무장 투쟁도 해왔지만 일제의 무지막지한 탄압으로 점차 힘을 잃어가고 있으니… 이십 년 전에 삼일만세로 저항운동을 펼치고 임시정부를 세웠던 그 힘을 이제 다시 안팎으로 끌어 모아 전쟁을 시작해야 할 때가 아니겠소?"

나는 아무런 대답도 할 수 없었다. 결연한 이야기를 평온한 목소리로 말하니 오히려 더욱 결기가 느껴져 오싹하기까지 했다.

"그런데 오늘날 이 땅엔 이미 식민지 노예의 생활에 익숙해져 무감하게 거리를 걷는 이들이 너무 많으니… 거리에 반짝이는 제국의 불빛을 무슨 금광처럼 여기며 달려들고…. 아니, 진짜 금광을 찾아 나서는 이들도 많으니… 요즘은 밤하늘의 별을 쳐다보는 이도 없는 것 같습디다."

지친 듯 벽에 기대며 한숨을 쉬는 그를 바라보다가 나는 일어서서 창문의 커튼을 걷었다. 그리고 조심스레 창을 열고 말했다.

"밤이 제법 깊었네요. 세상은 조용하고, 비 그친 하늘에 별들이 유난히 반짝이고 있어요. 어김없는 가을밤입니다."

그러나 그는 창문 쪽으로 쳐다보지도 않았다. 나는 조용히 창문을 닫고 다시 자리에 앉았다. 한동안 침묵이 흘렀다.

그는 피곤한 듯 벽에 기대어 눈을 감고 있었다. 잠시 잠이 들었나 싶어 나는 램프를 끄고 촛불을 켰다. 그리고 읽던 책을 마저 읽으려 책상 가까이 다가갔다. 그때 다시 그의 목소리가 들려왔다.

"누구나 스무 살 무렵엔 가을밤 깊도록 금서를 읽던 경험이 있을 겁니다. 일본에서 돌아오니 나는 어느덧 이십일 세. 가족들과 함께 살고 있는 대구에서 조양회관을 드나들며 신문화 운동에 참여하면서 독립운동 자금 모집 활동도 하게 되었어요. 이듬해에는 애국지사들과 함께 군자금과 국내 소식을 전달하려고 북경을 드나들다 보니 일제와의 싸움에서 우리와 협력하고 있는 중국에 관심이 가더군요. 어린 시절부터 한학을 배웠던 터라 익숙하기도 했고… 그래서 그 이듬해에는 북경으로 가서 본격적으로 공부를 시작했지요."

너나없이 일본으로 가서 근대 문물을 배워오던 때에 그가

35

중국으로 유학을 떠난 이유는 그러했다. 현해탄을 건너고 반도와 대륙을 오가면서 이십대 초반의 그는 얼마나 많은 금서를 읽었던 것일까? 그 시절의 그와 지금의 내가 비슷한 나이라는 생각에 나는 문득 부끄러워졌다. 그리고 더욱 궁금해졌다.

"그러면 오늘은 대체 무슨 일로 이리 쫓기게 된 것인지요?"

"그건 비밀입니다."

짧고 담백하게 그가 대답했다. 그것이 왠지 서운해서 나는 시비를 걸듯 말했다.

"그렇군요. 비밀 활동중이신 분이 저를 어찌 믿고 이곳의 문을 두드리셨는지…"

"보들레르 때문이었을까요? 아니면, 타쿠보쿠?"

느닷없는 이름들이 호명되는 바람에 나는 잠시 당황했다. 그 사이에 짧은 침묵이 흘렀다. 이 방은 너무 좁구나. 너무나도 사적인 공간이구나. 불현듯 깨달으며 나는 또 잠시 당황했다. 침묵은 이어졌고 그와 나의 숨소리가 한동안 엇갈렸다.

"그러고 보니 이 방은 감옥을 닮았군. 어쩐지 처음부터 익숙한 느낌이었어."

혼잣말처럼, 그가 마침내 무겁게 입을 열더니 고개를 푹 숙였다. 일본 경찰은 독립운동가나 무슨 주의자를 다룰 때는 사람 취급을 하지 않는다는 말을 들었는데… 그들에게는 열 번을 죽였다 살리고 죽었다 살리는 고문 기술이 있다고도 들었다. 하지만 그런 것들을 물어볼 수는 없는 일.

"수감번호가 264여서 필명이 되었다는 이야기를 들었는데, 사실인지요?"

"고문실에 끌려가서 피투성이가 되어도 저들이 원하는 대답을 안 하니 매일 또 끌려 나가기 일쑤였는데, 그때마다 수감된 동료들이 벽을 치며 수신호로 얘기했다더군요. 이육사, 오늘도 끌려 나간다, 이육사, 다시 들어왔다…"

"서대문 형무소였나요?"

"서대문은 삼십 세 넘어 드나들기 시작했어요. 이육사는 대구형무소의 수인 번호였습니다. 이십삼 세, 첫 번째 옥살이였지요."

"수인 번호, 수감 번호, 죄수 번호… 무엇으로 부르든 불길한 이름인데 왜 하필 그것으로 필명을 삼으려 하셨는지…"

"불길한 것은 불온한 것과 닿아 있으니까. 불온은 혁명의 밑바탕이니까."

창문을 향해 고개를 들며 그가 말을 이어나갔다. 나는 빨려 들어가듯 그의 목소리에 귀를 기울였다.

"대구형무소에 나를 가둔 조선은행 대구지점 폭탄사건은 내가 직접 관여한 일이 아니었습니다. 하지만 나는 중국에서 돌아오자마자 이미 위험인물로 분류되어 있었고, 대구에서 활동하던 다른 청년들과 함께 묶여 들어갔던 것이지요. 진범인 장진홍 의사가 체포되고 비로소 내가 석방되었는데, 그 1년 7개월 동안의 고문과 옥고가 과연 무슨 의미였는지 오래도록 생각해 보았어요. 조선인들 중에서 좀 더 배웠다는 이유로, 좀 더 민족을 생각한다는 이유로 이런 모진 일을 당해야만 한다면 차라리 그들이 싫어하는 행동을 제대로 하고서 잡혀가는 게 낫지 않을까? 이육사라는 이름은 그래서 주어진 것이 아닐까? 장진홍 의사가 사형 선고를 받고 옥중에서 자결했다는 소식을 전해 듣자 더더욱 그런 생각이 들었지요."

그의 목소리가 방 안을 가득 채울 때, 나는 알았다. 저 부드러운 목소리 속에 숨겨진 음울한 저항의 기운이 자꾸만 내게 말을 하게 만드는구나. 수시로 변하는 눈빛과 함께 내게 질문을 불러일으키는구나…

"이활이라는 이름으로 유물 변증법에 대한 글을 발표하셨던 잡지에 이육사라는 이름으로 레닌주의 철학에 대한 글이 '게재되지 못한 글 목록'에 있는 걸 보았습니다. 검열 때문이었겠지요?"

"총독부의 출판 경찰들은 사전 검열에 아주 부지런하더군요."

"그런데 그 목차 이름에 쓰인 한자가 좀 달랐어요. 땅 육陸이 아니라 죽일 육戮을 썼던데, 인쇄가 잘못된 것이었나요?"

"고기 육肉과 설사할 사瀉를 쓴 것은 혹시 못 보았습니까? 오래전 신문기사에 썼습니다만."

"아, 제가 《자오선》 동인지부터 관심을 갖기 시작해서 잡지와 문예지 과월호만 뒤져보았어요. 지난 신문까지는 찾아보지 못했습니다."

"그보다 앞서 '대구이육사'大邱二六四라고 숫자 그대로 이름을 쓴 적도 있어요. 아무튼 오래 전에 나온 잡지를 참 꼼꼼히도 보았군요. 고맙습니다."

"고마우면 이름의 내력이나 알려 주세요. 대구이육사는 대구형무소의 수인번호라는 것을 이제 알겠고, 고기 먹고 설사한다는 육사肉瀉는 무엇이고, 역사를 죽인다는 육사戮史는 대체 무엇입니까?"

"글자 뜻 그대로입니다. 나라를 잃고 치욕스럽게 살아가는 울화병을 자조적으로 써본 것이지요. 이활李活이라는 필명으로 글을 발표하기 시작했지만 나는 첫 수인번호도 그렇게 음역해서 함께 쓰곤 했어요. 그런데 집안 어르신께서 역사를 죽인다는 뜻은 너무 노골적이니 땅을 의미하는 글자를 써보라 하시길래 크게 보면 의미가 통하겠다 싶어 한자는 그것으로 통일하게 되었습니다."

크게 보면 의미가 통한다는 말을 그때는 이해하지 못했다. 하지만 후에 땅 육陸이라는 글자를 살펴보니 단순히 육지를 뜻하는 것만이 아니라 높고 평평한 땅이라는 의미와 뛰다, 두텁다, 어긋나다 등의 다양한 뜻도 있었으니 과연 식민지의 역사를 변화시키려는 그의 의지가 드러나 보였다.

어느새 날이 밝아오고 있었다. 그가 자리에서 일어나 골방을 나서고 서점 문을 나설 때까지 내 머릿속에서는 여러 글자들이 어지러이 떠돌았다. 대구이육사大邱二六四, 육사肉瀉, 육사戮史, 이육사李陸史…

수인번호를 그대로 음역해서 쓰다가 냉소적인 글자로도 바꾸어 보고 식민지의 역사를 베어내려는 뜻도 담아 보았을 때, 그의 눈빛은 사납게 빛나고 있었으리라. 그러나 역사를 땅처럼 평탄하게 한다는 의미의 글자 속에 혁명의 의지를 숨겨 놓으면서 그의 눈빛은 조금 달라지지 않았을까? 찰나의 순간에 그 두 가지 눈빛 사이를 오가던 그의 모습을 나는 아직도 기억한다.

이활李活과 육사陸史와 이육사李陸史를 섞어 쓰던 그의 필명은 그해 봄부터 이육사李陸史로 통일되어 그의 생명이 땅으로 돌아가는 순간까지 이어졌다. 치욕의 역사를 잊지 않으려 했고 또한 그 비통한 역사의 전복顚覆을 꿈꾸었던 그의 의지도 함께 땅으로 돌아갔다.

하지만 나는 육사라는 이름에 얽힌 무시무시한 내력을 내내 잊을 수 없었다. 그의 온화하면서도 뜨거운 목소리가 그 내력을 말하는 순간부터 나 또한 그의 이름에 갇힌 수인이 되었기 때문이었다. 그 눈빛이 내게 족쇄가 되었고, 그 골방이 내게 감옥이 되었기 때문이었다.

그리고 그날부터 다시 그의 작품을 반추하는 시간은 예전의 시간과는 다르게 다가왔다. 수시로 변하던 그의 눈빛, 여러 온도를 느끼게 하던 그의 목소리를 떠올리면서 다시 읽는 그의 글들은 분명히 이전에 보았던 때와 다르게 읽혔다.

그가 내게 들려주었던 삶의 궤적과 생각과 마음을 다시 한번 되새겨 보면서 나는 그의 글을 읽고 또 읽었다. 그와 마주 앉았던 낮은 책상 앞에 앉아 촛불을 켜놓고 무슨 종교의식이라도 치르듯 한 장 한 장 책장을 넘겨가던… 이제와 돌아보면 내 인생에서 가장 행복하고도 또한 불행했던 시절의 시작이었다.

> 내 골ㅅ방의 커-텐을 걷고
> 정성된 마음으로 황혼을 맞아드리노니
> 바다의 흰 갈매기들 같이도
> 인간은 얼마나 외로운 것이냐
>
> 황혼아 네 부드러운 손을 힘껏 내밀라
> 내 뜨거운 입술을 맘대로 맞추어보련다
> 그리고 네 품안에 안긴 모든 것에
> 나의 입술을 보내게 해다오

저-십이성좌의 반짝이는 별들에게도
종ㅅ소리 저문 삼림 속 그윽한 수녀들에게도
쎄멘트 장판 우 그 많은 수인囚人들에게도
의지 가지없는 그들의 심장이 얼마나 떨고 있는가

고비 사막을 걸어가는 낙타탄 행상대에게나
아프리카 녹음속 활 쏘는 토인들에게라도
황혼아 네 부드러운 품안에 안기는 동안이라도
지구의 반쪽만을 나의 타는 입술에 맡겨다오

내 오월의 골ㅅ방이 아늑도 하니
황혼아 내일도 또 저-푸른 커-텐을 걷게 하겠지
암암暗暗이 사라지긴 시내ㅅ물 소리 같아서
한번 식어지면 다시는 돌아올 줄 모르나보다[6]

　그가 다시 나의 책방으로 찾아온 것은 사흘 뒤였다. 처음 이
곳을 찾았을 때처럼 말쑥한 차림이었다. 단지 아이보리 양복
이 검은 양복으로 바뀌어 있었을 뿐.
　"문우들과 명치옥에서 커피 마시는 걸 즐기는데, 오늘은 어
째 이 과자들이 눈에 들어옵디다."

---

6 이육사 시 「황혼」 전문 - 《신조선》(1935.12)

센베이와 캐러멜, 그리고 또 이름 모를 어여쁜 과자가 담긴 상자를 내 앞으로 내밀 때 한낮의 햇살이 반짝 그의 안경으로 반사되었다.

"코코아 한 잔과 잘 어울릴 겁니다."

안경을 쓰고 벗는 것도 변장술의 일종일까? 그렇다면 그날 밤이 그의 본래 모습일까, 지금이 그의 본래 모습일까? 그날 밤의 일들이 혹시 꿈은 아니었을까? 돌연 혼란해지는 머릿속을 가다듬으며 나는 그의 말에 대꾸했다.

"테러리스트의 마음을 느껴보라는 겁니까?"

선물을 내미는 남자치곤 심각했던 표정이 일순 누그러지며 그의 얼굴에 미소가 떠올랐다. 내가 그의 수인이 되었음을 확인하게 만드는 미소였다.

"타쿠보쿠를 정말 좋아하나 보군요. 그의 시는 몇 편만 알고 있었는데 이참에 시집을 한 권 사서 제대로 읽어 봐야겠습니다. 찾아주시겠어요?"

그의 말에 나는 일본어 시집이 정리되어 있는 서가로 몸을 돌려 이시카와 타쿠보쿠를 찾기 시작했다. 그가 내 등 뒤에서 말했다.

"그 시인은 정말 테러리스트의 마음을 알았을까요? 자신의 몸과 마음을 적에게 내던지는 심정을, 말과 행동으로 나누기 어려운 단 하나의 그 마음을…"

"그러게요. 더구나 '끝없는 논쟁 후의 차갑게 식어버린 코코아 한 모금을 홀짝이며 혀끝에 닿는 그 씁쓸한 맛깔로, 나는 안다, 테러리스트의 슬프고도 슬픈 마음을' 이라고 했으니 아무래도 제대로 아는 건 아닌 듯합니다. 제가 뭘 알겠습니까만."

나는 그에게 타쿠보쿠의 유고시집을 내밀며 내 생각을 말했다. 그가 또다시 미소를 지으며 고개를 끄덕였다.

"일본이 한일합방을 발표하며 새빨갛게 칠한 조선의 지도를 신문에 실었을 때, 타쿠보쿠는 이런 시를 읊었다고 하더군요. 지도 위의 조선국에 검디검은 먹으로 칠하니 쓸쓸한 추풍이 들린다…"

타쿠보쿠라면 왠지 그랬을 것 같아서 나도 그를 향해 고개를 끄덕여 주었다. 시집을 뒤적이던 그는 우리가 번갈아 인용했던 「코코아 한 잔」이라는 시를 펼쳐 보이며 다시 말을 이어나갔다.

"이 작품은 제국주의를 미워했던 시인이 안중근 의사의 거사에 감명받아 쓴 시라는 이야기도 전해 옵니다. 빼앗긴 말 대신에 행동으로 말하려는 심정을 안다고 읊은 구절을 보면 특히 그런 것 같기도 합니다만… 그래도 마음으로 크게 와닿지는 않으니… 아무래도 나는 그 나라의 시를 좋아하지 않는 모양입니다."

"시라는 것은 무릇 우리말로 우리의 정서를 노래해야 마음에 다가오겠지요. 청포도와 청포靑袍가 같은 소리로 다른 뜻을 품고 등장하는 시의 정서를 다른 나라 사람들이 알 수 있겠습니까? 칠월이 이 땅에서 어떤 의미인지 다른 기후의 사람들은 알 리가 없잖아요. 농부가 땀 흘려 일하는 한여름, 곡식과 과일이 익어가기를 기다리는 시간… 나아가 밝은 미래를 기다리는 수고로움의 시간…"

거듭 읽고 생각해 본 「청포도」의 의미를 어렵사리 펼쳐 보이려는데 그가 돌연 정색을 하고 내게 물었다.

"어쩌다 이런 서점을 하게 되었습니까?"

"그게 왜… 궁금하세요?"

"그대 얘기를 듣고 싶은 거지요. 내 얘긴 이미 많이 했으니까."

그러니까 그 날 밤의 일들이 꿈은 아니었다는 얘기. 그래서 그의 청이 반가웠으나 나도 모르게 삐딱하게 말이 나왔다.

"삼년 전에 집안이 망하는 바람에 장사에 나선 겁니다. 그 나이에 많이들 가는 권번券番에는 차마 못 가겠더군요. 가무에 소질도 없는 터라…"

"카페나 술집의 여급이라면 가무와 상관없이 할 수 있습니다."

그는 더욱 삐딱하고 냉소적으로 내 말을 받았다.

"그것도 좋은 생각이군요. 김탄실처럼 재능 있는 작가도 기생의 딸이라고, 자유 연애를 한다고, 그렇게 공격을 당하는데 나 같은 사람이 기생이나 여급이 되면 어디 글 한 줄이라도 낼 수 있을까 싶어 몸을 사렸는데… 아무래도 글을 쓸 재주는 없는 듯하니 선생님의 제안도 한번 고려해 보겠습니다."

"글을 쓸 재주는 충분한 듯합니다. 가무의 소질이야 내 알 바 아니지만."

말하면서 비로소 그의 표정이 부드럽게 풀렸다. 나의 삐딱한 말투를 하소연으로 바꿔놓기에 충분한 표정이었다.

"부지런하고 개화한 아버님 덕분에 저도 여학교까지 다니며 잘 지냈으나 일본 상인들에게 종로 상권을 빼앗기면서 어처구니없이 집안이 몰락하고 말았어요. 제가 무려 칠남매의 장녀입니다. 동생들만큼은 학교에 다니게 하고 싶었는데 여동생 두 명은 아직 못 보내고 있어요."

"그깟 학교, 충량한 황국의 신민을 양성하는 게 목적인데 거길 못 보내서 그리 안달입니까? 이제 조선말 사용도 금지하는 학교 안에서 대체 뭘 배우게 하겠다고… 차라리 여동생들은 이 서점에 데려와 책을 읽히세요."

"바느질과 길쌈을 익히라고 권하시지 않는 게 그나마 다행이군요."

"지금 무슨 풍자를 하자는 게 아니오. 이 땅의 학교는 이미 제국의 일꾼을 배출하기 위한 기관으로 전락한 지 오래입니다. 상권 강탈을 일삼는 그들이 우리의 민족 정신은 가만히 둘 것 같습니까? 십육 세에 대구로 나왔을 때 한약방 점원으로 일하며 서병오 선생 밑에서 그림을 기웃거린 적이 있는데, 그때도 일본은 우리 약령시장을 없애려고 해서 함께 저항했던 기억이 있어요. 그래서 나중에 기자가 되고 나서 첫 기명 기사로 〈대구의 자랑 약령시의 유래〉를 연재했지요. 식민지 세상을 비웃었던 육사肉瀉라는 필명을 썼던 게 바로 그 기사입니다."

일본이 근대화의 휘황한 불빛을 켜놓고 저지른 민족 자본 성장 억제와 민족 말살 정책을 이야기하면서 그는 어느덧 음울한 표정이 되었다.

"그러셨군요. 안동 출신으로 알고 있는데, 십육 세엔 어찌 대구로 나오셨는지요?"

"우리도 그때 집안이 망했으니 고향을 떠난 겁니다. 나라가 망했는데 집안이 온전한 게 이상한 일 아니겠습니까? 일본인 밑에서 일하기를 거부하고, 재산을 팔아 독립운동에 자금을 대고… 그러다가 결국엔 다들 고향을 떠났지요. 조부로부터 한학을 배우고 문중에서 세운 학교에서 신학문을 배우며 세상에 눈을 떴던 아름다운 시절은 거기까지였습니다."

그때 오래된 단골손님이 들어왔다. 그 손님이 빌려갔던 책을 반납하고 새 책 두 권을 골라 다시 빌려갈 때까지 그는 천천히 서가를 둘러보았다. 골방으로 통하는 문 근처에서는 제법 오래 서성이기도 했다.

"오늘은 장사가 별로인 것 같으니, 책방 문 닫고 극장이라도 함께 갈까요?"

손님이 나가자마자 나는 그에게 제안했다. 대구로 떠나온 16세에서 일본으로 떠났다는 20세 사이, 아마도 그 즈음에 결혼을 했으리라는 생각에 이르자 나도 모르게 반발하듯 그를 도발한 것이었다. 하지만 그가 의외로 당황하며 머뭇거리는 바람에 나는 서둘러 변명하듯 덧붙일 수밖에 없었다.

"영화에 대한 문화비평도 쓰셨잖아요. 시나리오 문학의 특징에 대한 글도…"

"아, 고맙소. 덕분에 내가 지금 가야 할 곳이 생각났어요. '영화예술' 동인 모임이 있어 광화문통으로 가던 길이었는데… 여기서 시간을 너무 지체했군요."

나의 데이트 제안은 듣지도 못한 것처럼 그는 서둘러 서점 문을 나섰다. 타쿠보쿠의 시집도 그대로 둔 채.

"방금 나간 검은 양복… 이육사, 맞지?"

어차피 퇴짜 맞을 거였다면 극장이 아니라 다방이나 카페로 가자고 할 걸 그랬나 후회하면서 미츠코시 백화점의 옥상정원 카페라든지 경성역 티룸에 그와 마주 앉아 대화하는 장면을 상상하고 있는데, 친구가 호들갑을 떨며 서점으로 들어섰다.

"이 과자는 뭐야? 명치옥 거잖아. 저 사람이 두고 간 거야? 말술을 마시고 취해도 여자한테는 담담한 남자로 알고 있었는데… 역시 사내들은 다 똑같다니깐."

들어오자마자 떠들어대며 과자 봉지를 뜯는 친구에게 나는 짐짓 무심한 듯 말했다.

"책 몇 권 공짜로 빌려 줬더니 고맙다고 가져온 거야."

"그래? 그새 여길 몇 번 드나들었단 말이지? 근데 왜 나한텐 얘기 안 했어?"

"나야 저 사람한테 관심이 많지만 넌 불편해하는 것 같아서…"

"맞아. 게다가 이렇게 퍼머넌트를 하고 보니 그 사람 마주치기도 싫어지네. 「모멸의 서」에서 비난했던 바로 그 머리 모양이잖아. 그리고 나… 곧 결혼하게 됐거든. 잘난 육사 선생께서 이름 붙여주신 '광고 결혼'으로 폼 나게!"

"정말? 지난번에 선 봤다던 그 교사?"

"응. 그 교사 집안이 생각보다 재산이 많더라고. 문학에 대해서는 생각보다 취미가 없는 것 같아 아쉽긴 한데… 난 이제 그냥 편안하고 조용히 살고 싶어. 김탄실도 일본으로 떠나버렸다더라. 이런 사나운 땅에서 여자가 무슨 글을 쓰겠니? 너도 서둘러 좋은 혼처나 찾아보도록 해."

그랬구나. 김탄실도 결국 이 땅을 떠나버렸구나. 일제의 식민지에서, 가부장제의 식민지에서, 소설을 써보고 싶었던 우리의 꿈도 그냥 이렇게 고급 요릿집의 결혼 피로연으로 휘발되고 작은 책방의 서가 아래로 침잠해버리는구나…

친구의 결혼을 축하해 주면서도 나는 씁쓸했다. 그가 선물해준 달콤한 과자를 함께 나누어 먹으면서도 내내 씁쓸했다. 코코아 한 잔이 아니어도.

목숨이란 마치 깨여진 배쪼각
여기저기 흩어져 마을이 한 구죽죽한 어촌보담 어설프고
삶의 티끌만 오래묵은 포범布帆처럼 달아매였다

남들은 기뻤다는 젊은 날이었것만
밤마다 내 꿈은 서해를 밀항하는 쌍크와 같애
소금에 절고 조수에 부프러올랐다

항상 흐렸한 밤 암초를 벗어나면 태풍과 싸워가고
전설에 읽어본 산호도珊瑚島는 구경도 못하는
그곳은 남십자성이 비쳐주도 않았다

쫓기는 마음 지친 몸이길래
그리운 지평선을 한숨에 기오르면

시궁치는 열대식물처럼 발목을 오여쌌다

새벽 밀물에 밀려온 거미이냐
다 삭아빠즌 소라 껍질에 나는 붙어 왔다.
머-ㄴ 항구의 노정路程에 흘러간 생활을 드려다보며[7]

"오늘은 장사가 별로인 것 같으니, 책방 문 닫고 함께 답설이나 할까요?"

이번에는 그가 먼저 제안해왔다. 우발적인 나의 데이트 제안을 무시하고 가버린 지 한 달쯤 지나서였다. 아닌 게 아니라 전날 밤부터 계속 눈이 내려 손님이 찾아오지 않던 날이었다.

한쪽에 챙겨 두었던 타쿠보쿠의 시집을 그에게 건네준 뒤, 나는 서점의 문을 닫고 말없이 그의 뒤를 따라 나섰다. 밤마다 서해를 밀항하는 쨩크와 같다는 그의 꿈, 소금에 쩔고 조수에 부풀어 올랐다는 그의 꿈을 따라 나서듯.

「노정기」는 내가 처음으로 읽었던 그의 시였다. 눈앞에 보이는 듯, 손에 만져지는 듯 생생하게 떠오르는 이미지가 나를 단번에 끌어당겼다. 깨여진 배쪼각, 발목을 오여싸는 시궁치, 새벽 밀물에 밀려온 거미, 다 삭아빠진 소라 껍질…

그와 마주친 이후부터 가장 많이 읽은 시도 「노정기」였다.

---

7 이육사 시 「노정기路程記」 전문 ─《자오선》(1937.12)

거듭 읽을수록 그가 속해 있는 어떤 비밀스러운 세계의 한 자락이 엿보이는 듯했다. 쫓기는 마음과 지친 몸으로도 결코 포기할 수 없는 노정이 어렴풋이 그려지기도 했다.

"중국 사람들은 신정에 답설을 하는 풍습이 있습니다. 눈길을 밟으며 새해를 맞는 마음을 새롭게 하는 것이지요. 아직 신정은 멀었지만 이렇게 많은 눈이 내린 날엔 답설을 해야 할 것 같아요. 아무도 발을 대지 않은 눈 위를 걸어가는 경험은 흔히 할 수 있는 게 아니니까."

전차를 타고 가는 동안 그는 답설踏雪에 대해서 말했다. 답설, 이라고 입안에서 발음만 해보아도 신비로운 느낌이 들었다. 아무도 밟지 않은 눈을 찾아 그는 지금 어디로 향하고 있는 것일까? 달리는 전차의 창밖에 시선을 둔 채 나는 우리가 가닿게 될 전인미답의 눈밭을 그려보았다. 그의 시선 역시 차창 밖으로 향하고 있었다. 하지만 그 순간 그의 머릿속을 지배하는 것은 과거인 듯했다.

"이렇게 눈이 내려 온 세상을 덮어버린 모습을 보면 나는 어김없이 만주 벌판이 떠오릅니다. 전차를 타고 오래 달리다 보면, 기차를 타고 한없이 달려갔던 그때가 떠오릅니다. 우리 외가가 모두 만주로 옮겨간 터라 외조부 묘소도 그쪽에 있어요. 외숙을 만나러 한동안 그곳을 자주 드나들었는데, 이젠 그조차 힘들어졌지요."

나라를 잃고 떠나간 사람들의 사연은 묻지 않아도 알 일이었다. 외숙을 만나러 드나든 일 또한 그의 행적으로 보아 묻지 않아도 알 것 같았다.

"대한제국의 군대가 강제 해산되자 전국의 의병이 양주에 집결하여 서울로 진격한 적이 있었습니다. 그때 허왕산 의병장이 이끌던 선발대가 바로 이곳 동대문밖까지 진군하였어요. 전차가 이 길을 달릴 때마다 나는 저기 청량리 종점 너머에서 진격해오는 의병부대의 환영을 보곤 합니다. 그 작전이 성공했더라면, 그가 끝내 붙잡히지 않았더라면, 서대문형무소 최초의 정치범 사형수가 되지 않았더라면…"

그러니까 그 길이었다. 의병장 허위의 호를 따서 훗날 '왕산로'라 이름 붙여진 길. 미래의 왕산로를 전차로 달리면서 그는 과거의 왕산 허위에 대한 이야기를 들려 주었던 것이다.

"그 허왕산 의병장이 외조부의 사촌으로 저의 외재종조부입니다. 외조부도 의병장이셨고 다른 외재종조부들, 외숙들, 외당숙들, 모두가 의병운동이나 독립운동에 나섰으니 왕산이 사형당한 뒤 우리 외가는 일제의 감시를 피해 만주로 연해주로 떠날 수밖에 없었지요. 물론, 남은 일들을 그곳에서도 계속 도모해 왔고…"

과거로 향했던 그의 이야기는 자신의 집안 내력으로 이어지고 있었다. 그만큼 작아진 목소리로 내 귓가에 속삭이듯 말하며 내 곁으로 바짝 다가앉은 모습은 전차 안의 다른 이들에게 그저 연인들의 밀회 장면처럼 보였으리라. 하지만 그는 조선을 떠나 망명의 길로 나선 외가의 내력을 말하고 있었고, 나는 그가 외가를 도와서 함께 도모해왔을 '남은 일들'에 관하여 생각하고 있었다. 비밀을 공유하듯 우리는 더욱 가까이 다가앉았다.

그리하여 청량리 전차 종점에 내렸을 때, 나는 어느덧 떠돌이 투사의 노정에 동참한 듯 비장해져 있었다. 하지만 눈길을 밟으며 홍릉 쪽으로 걷다 보니 처음에 그와 전차에 오를 때처럼 다시 설레는 분위기가 느껴졌다. 나는 감탄사를 내뱉듯 말했다.

"이렇게 은세계를 걸으니 참 좋군요. 답설을 제안해 줘서 고마워요. 이 나라 여자를 좋아하지 않으실 텐데도…"

"그거, 내가 한 말이 아니라고 하지 않았습니까?"

"누가 한 말이든 상관없어요. 저는 이 나라 선비를 좋아하지 않으니까요."

나의 농담을 부드럽게 받아주던 그가 순간 정색을 하고 물었다.

"혹시, 양반과 선비를 착각하는 것 아니오?"

"그 둘이 크게 다른가요? 조선을 이끌어가다가 결국엔 조선을 망친 사람들. 결국 다 똑같은 거 아닌가요?"

　나도 정색을 하고 물었다. 한때 명성황후의 무덤이 있었던 홍릉으로 향하는 길, 사후에 다른 곳으로 합장되기 전까지 고종이 20년 넘게 오갔을 이 길을 걸으면서 한번쯤 짚어볼 만한 얘기다 싶었다.

　"양반이니 사대부니 하는 개념은 벼슬아치를 두고 하는 말이니 신분 계급과 함께 사라져 버렸지만, 선비는 인격적 개념이니 결코 사라질 수 없고 또한 그대에게 미움받을 이유도 없습니다. 세속의 고난을 초월하여 천명으로서 정치적 올바름을 추구하려는 군자의 이상은 결국 이 나라를 되찾는 힘이 될 것이라고 나는 믿고 있어요. 실제로 유림 세력은 일제의 침략에 강력하게 저항했고 파리장서 등을 통해 한일합방의 실상을 세계에 알리려 애쓰기도 했지요."

　"그렇다고 해서 당쟁과 명분론으로 조선을 쇠락하게 하고 결국 몰락하게 만든 사실이 없어지지는 않아요."

　나의 가시 돋친 주장에 그는 부드러운 목소리로 대꾸하기 시작했다. 보편적으로 존재했던 정치적 대립을 조선에만 있었던 당쟁으로 표현한 것은 일제의 계략에 불과하다고, 500년 역사의 조선을 이씨들의 조선으로 축소해 '이조'로 표현하는 것과 마찬가지로 우리의 자존감을 꺾으려는 그들의 술책에 넘어가지 말아야 한다고, 이것이 나에게 이득이 되는가를 따지는 게 아니라 이것이 과연 명분에 맞는가를 따지는 명분주의 그 자체가 죄는 아니지 않겠냐고.

"군자는 의리에 밝고 소인은 이익에 밝다고 했으니 '의'를 추구하는 것이 선비의 기본 태도인데 이것에 무슨 잘못이 있겠습니까? 물론 유교문화에도 고칠 것이 많겠지요. 남존여비, 사농공상… 이런 것들이 잘못된 양반문화와 뒤섞여 선비정신까지도 오해를 받게 된 건 정말 안타까운 일입니다. 하지만 세상은 변하고 있고, 군자란 말 속에 무책임과 무관심도 반죽되어 있음을 나는 또 알고 있으니… 조부에게 중용과 대학을 배우던 소년이 학교에서 물리니 화학이니 하는 것을 배우고 멀리 나아가 공리주의, 실용주의, 자본주의, 공산주의, 또 무슨 주의들을 알게 되면서 얼마나 많은 혼란과 갈등을 겪었을지 그대는 짐작할 수 있겠소?"

나는 말없이 고개를 저었다. 내가 그 모든 것을 어찌 짐작할 수 있으랴. 나는 다만 강물처럼 넘쳐 흐르는 그의 이야기에 함께 실려 가고 싶을 따름이었다. 스무 살의 그가 고향의 낙동강 물소리를 따라 어디든지 흘러가고 싶은 마음을 참을 수 없어 동해를 건넜다고 했듯, 나도 그렇게 시간을 건너 그의 스무살 시절로 함께 가고 싶었다.

"동경에 공부하러 갔을 때 처음으로 아나키즘을 알게 되었고 아나키스트들을 만나게 되었지요. 모든 정치조직과 권력을 부정한다는 것은 참으로 매력적이었습니다. 하지만 반지배와 반권력이라는 이상을 실현하기 위한 그들의 거친 행동은 이해할 수 없더군요. 중국을 드나들면서 알게 된 의열단도 아나키스트 계열이라 테러 집단처럼 여겨져서 처음엔 탐탁치 않았어요. 하지만 그 당시 많은 청년들처럼 러시아 혁명의 영향을 받고 사회주의 사상에 빠져들게 되면서 나도 점차 의열단의 주장을 지지하게 되었습니다. 암살과 파괴를 통해 독립정신을 환기시키고 나아가 민중에 의한 직접 혁명을 이루겠다는 구상은 젊은 가슴을 뛰게 만들었지요. 그래서 의열단이 독립 전쟁을 준비하며 중국에 세운 군관학교에 들어가게 되었던 겁니다."

우리는 어느덧 홍릉 숲에 이르러 있었다. 황후의 무덤이 옮겨간 뒤 임업 시험장으로 변한 숲에는 눈꽃이 만발해 있었다. 눈이 그친 세상은 어느새 포근했고 오후의 햇살은 눈꽃 위에서 반짝였다. 지금 그가 얘기하고 있는 젊은 날 그의 모습 또한 이렇게 반짝이고 있었으리라.

"남경 근교의 사원을 수리하고 터를 닦아 세운 그곳, 조선혁명 군사정치 간부학교의 교장은 의열단의 김원봉 단장이었습니다. 중국의 지원을 받는 방식이라든지 노동조합 활동의 방법론에 있어서 그와 의견이 다른 부분도 있었지만 정치, 경제, 사회, 철학에 대해 열띤 토론을 하면서 체계적인 군사 훈련을 받는 동안 결국 우리가 지향하는 바는 같다는 것을 매번 확인

하곤 했지요. 폭탄·탄약·뇌관 등의 제조법과 투척법, 무기 운
반법, 변장법, 서류 은닉법 등을 배우면서 내가 권총 사격에 소
질을 타고 났음을 발견하기도 했어요. 하지만 조선에 돌아온
뒤 누군가의 밀고로 군관학교 졸업생들과 함께 체포되는 바람
에 그 모든 것은 소용없게 되어버렸습니다. 투옥과 고문이야
일상이었으니 견딜 수 있었지만 요시찰인이 되어 손발이 묶여
버린 것은 정말 견디기 힘들었어요."

그때부터였나 보다, 시사평론을 중심으로 왕성한 글쓰기를
하면서 그가 본격적으로 시를 발표하기 시작한 것은.

어느 수필에서 썼듯이 그는 그때부터 "온갖 고독이나 비애
를 맛볼지라도, '시 한 편'만 부끄럽지 않게 쓰면 될 것을" 다짐
하고 있었던 것이다.

　　내가 들개에게 길을 비켜 줄 수 있는 겸양을 보는 사람이 없다
고 해도 정면으로 달려드는 표범을 겁내서는 한 발자국이라도 물
러서지 않으려는 내 길을 사랑할 뿐이오. 그렇소이다. 내 길을 사
랑하는 마음, 그것은 나 자신에 희생을 요구하는 노력이오. 이래서
나는 내 기백을 키우고 길러서 금강심金剛心에서 나오는 내 시를
쓸지언정 유언은 쓰지 않겠소. 그래서 쓰지 못하면 죽어 화석이 되
어 내가 묻힌 척토瘠土를 향기롭게 못한다곤들 누가 말하리오. 무
릇 유언이라는 것을 쓴다는 것은 80을 살고도 가을을 경험하지 못

한 속배俗輩들이 하는 일이오. 그래서 나는 이 가을에도 아예 유언을 쓰려고는 하지 않소. 다만 나에게는 행동의 연속만이 있을 따름이오, 행동은 말이 아니고, 나에게는 시를 생각한다는 것도 행동이 되는 까닭이오. 그런데 이 행동이란 것이 있기 위해서는 나에게 무한히 넓은 공간이 필요로 되어야 하련마는 숫벼룩이 꿇어앉을 만한 땅도 가지지 못한 내라, 그런 화려한 팔자를 가지지 못한 덕에 나는 방 안에서 혼자 곰처럼 뒹굴어 보는 것이오.[8]

임업 시험장 깊숙이 울창한 숲을 지나고 보니 돌연 넓게 트인 땅이 나타나 눈밭이 펼쳐졌다. 건너편에서 숲이 다시 이어지는 아담한 들판이었지만 한순간 설원의 이미지로 다가오기에는 부족함이 없었다. 아무도 발을 대지 않은 대설원, 전인미도前人未到의 원시경이란 바로 이런 느낌으로 다가오지 않을까 싶었다.

"선생님께서 번역하신 노신의 소설 마지막 구절이 떠오르네요. 길은 본래부터 지상에 있는 것은 아니다, 왕래하는 사람이 많아지면 그때 길은 스스로 나게 되는 것이다…"

"그러고 보니 노신을 만났던 것이 바로 그때였군요. 군관학교를 졸업하고 귀국을 기다리며 상해에 머물고 있었을 때… 육년 전이었고, 그때 나는 이십구 세였습니다. 중국의

---

8 이육사 수필 「계절의 오행五行」 중에서 - 《조선일보》(1938.12.)

낡은 도덕과 인습을 폭로하며 거침없이 문예운동을 펼쳤던 노신처럼 나도 조선으로 돌아가 우리 민족에게 긴요한 활동들을 펼치리라 꿈꾸던 때였지요. 하지만 지금 나는 뭔가를 도모하려 움직이기만 해도 경찰에 끌려가 취조를 받는 요시찰인이 되고 말았으니…"

그의 안타까움이 그대로 전해져 오는 순간, 나도 모르게 그의 시를 한 구절 읊고 있었다.

"남들은 기뻤다는 젊은 날이었건만, 밤마다 내 꿈은 서해를 밀항하는 쨩크와 같애, 소금에 쩔고 조수에 부풀어올랐다…"

그가 지나온 젊은 날의 이야기를 듣고 나니 수없이 읽었던 시가 또 다른 느낌으로 다가오는 것 같았다. 그는 아무 말 없이 눈밭에 시선을 두고 있었다.

"눈꽃마다 매달려 빛나던 햇살도 이제 제법 누그러들었네요. 곧 다가올 석양을 생각하니 이번엔 이런 시가 떠오릅니다. 황혼아 네 부드러운 손을 힘껏 내밀라, 내 뜨거운 입술을 맘대로 맞추어 보련다, 그리고 네 품안에 안긴 모든 것에, 나의 입술을 보내게 해다오…"

그는 여전히 말없이 눈밭에 시선을 두고 있었지만, 그 얼굴에 슬며시 미소가 떠오르는 것을 나는 보았다.

"선생님은 아직 젊으시고, 기뻐할 수 있는 날들도 아직 많아요. 힘든 길을 걸어오셨지만 오늘처럼 눈으로 모든 길이 지워진 날엔 잠시 다른 방향으로 걸어가며 소소한 기쁨을 누려볼 수도 있겠지요."

비로소 그가 눈밭에서 시선을 거두어 나를 바라보았다. 미소는 사라졌지만 그렇다고 해서 내 말이 궁금하다는 듯한 표정도 아니었다. 그는 그저 담담하게 내 눈을 정면으로 바라보았다. 나는 서둘러 덧붙여 말했다.

"예를 들어, 연애 같은 것 말이에요. 누구처럼 살림을 차리고 함께 자살을 하는 떠들썩한 스캔들이 아니라 잠깐의 로맨스, 잠깐의 일탈이라도 이런 날엔 가능하지 않을까요? 이렇게 세상 모든 것이 하얗게 뒤덮여버린 날엔…"

그가 고개를 가로저었다. 시선은 그대로 내 눈을 향한 채.

나는 그의 눈빛을 외면하며 몸을 돌려 눈밭을 향해 걸어나갔다. 아무도 밟지 않은 눈 위를 춤추듯 걸어 다니며 어지러이 발자국을 찍어보았다. 그리고 마침내 그를 향해 돌아서서 큰 소리로 물었다.

"그래서, 정녕 연애는 불가합니까?"

그는 여전히 나를 뚫어져라 바라보고 있었다. 티끌 하나 없이 맑은 그의 얼굴이 눈꽃을 배경으로 더욱 선명히 보였다. 하지만 눈밭으로 걸어 나온 나는 그의 눈빛까지는 알아볼 수 없었다. 고개는 가로저었지만 조금씩 달아오르는 듯 보였던 그 눈빛의 온도까지는 가늠할 수 없었다. 나는 다시 한 번 눈밭을 마음대로 걸어보았다. 그런 나를 계속 바라보고 있던 그가 이윽고 외치듯 말했다.

"그렇게 마음 가는 대로 걸어간 발자국이 자유롭게 길을 낸 듯 보이겠지만, 그 눈 녹으면 어지러운 흔적뿐일 테고 때론 부끄럽기도 할 겁니다."

나는 체념하듯 터덜터덜 눈을 밟으며 다시 그에게로 다가갔다. 그의 눈빛은 어느새 서늘해져 있었다. 도저히 뛰어넘을 수 없는 높고 단단한 벽 앞에 선 기분이었다. 나는 그 암담한 기분과 싸우듯 그의 눈에서 시선을 거두지 않았다. 우리는 그렇게 한동안 서로의 눈을 마주 보았다.

"혹시, 아벨 보나르의 「우정론」을 읽어보았습니까?"

눈빛은 그대로이나 목소리는 누그러뜨리며 그가 물었다. 나는 여전히 그의 눈동자에 내 눈동자를 맞춘 채 고개를 저었다.

"거기에 이런 말이 나옵니다. 연애는 우리를 상승의 관념으로 인도하지 않을 때에는 타락의 관념으로 유인한다, 그것은 우리의 가장 고귀한 것과 가장 미천한 것에 고루 관여한다, 글로 표현할 수 없는 것에서부터 입에 담기도 부끄러운 것에까지 끊임없이 우리를 뒤흔들어 놓는다,"

그의 맑은 목소리에 내 마음이 뒤흔들리는 순간,

"이와 반대로 우정은 우리의 뛰어난 부분에 호소한다,"

그는 느닷없이 우정을 말했다. 고조된 감정의 활이 한껏 휘어지다가 툭 끊어지는 것 같았다. 그러거나 말거나 그는 못을 박듯 덧붙였다.

"연애는 사람을 강하게 하는 동시에 약하게도 한다, 우정은 강하게 할 뿐이다…"

아무 말도 못 하고 있는 나를 향해 그는 마지막으로 쐐기를 박았다.

"그러니, 연애 말고 우정으로 합시다."

답설에서 돌아온 뒤, 나는 아벨 보나르의 책을 찾아서 거듭 읽어보았다. 그가 인용해서 들려주었던 부분들보다 내 눈길을 더욱 잡아 끈 것은 남녀간의 우정에 관한 글들이었다. 예를 들어, '그들이 우정 속에서 찾고 있는 것은 엷은 연애의 맛일세'라든지 '우정이란 연애가 될 수 없는 감정에 붙여진 이름이네' 같은 구절…

결국 남녀 사이에 우정이란 성립될 수 없음을 말해주고 있었으므로 「우정론」은 나에게 일말의 희망으로 읽혔다. 좌절된 연애도, 도달하지 못한 연애도, 희미하게나마 느껴지는 연애도, 어쨌든 내게는 모두 연애로 느껴졌으니까.

다만 그것이 영원한 짝사랑의 형태가 되리라는 예감은 또렷이 다가왔다. 답설에서 돌아오는 길, 그가 이렇게 분명히 말했기 때문이었다.

"이렇게 눈에 덮여 있어도 내 눈에는 길이 보입니다. 원래 있던 길, 앞선 사람들이 걸어갔던 길이지요. 노신이 말했던 길도 본래부터 지상에 없던 길이 사람들의 왕래로 생겨날 때 희망과 같은 의미를 지니게 되는 것 아니겠습니까? 그렇게 생겨난 길을 무시하고 멋대로 걸어간다고 해서 또 다른 희망이 생겨나는 건 아닐 것입니다."

그의 말을 들으면서 나는 비로소 이 답설은 데이트가 아니라 자기 고백을 위한 나들이였음을 깨달았다. 그러니까 그는 누군가와 이야기를 하고 싶었던 것이다. 많은 것을 꿈꾸며 오랜 시간 이끌어온 지친 노정에 대하여.

"그렇다면 혁명도 그 길 위에서 해야 합니까?"

나는 진심으로 궁금해서 그에게 물었다. 홍릉에서 청량리 전차 종점으로 향하는 길은 종일 많은 이들이 오간 탓에 눈이 녹아 질척했다.

"혁명은, 길을 벗어나는 것이 아니라 길을 바로잡아 나가는 것입니다. 비뚤어진 길을 그대로 두면 점점 다른 방향으로 나아가게 될 테니까요. 때로는 과감하게 선로를 바꾸고 다리를 놓을 수도 있겠지만 그 모든 것은 원래의 바른 길을 되찾기 위한 과정일 뿐이지요."

"무엇이 바른 길인지 어떻게 알 수 있나요? 혹시 내가 가는 길이 틀린 길일 수도 있잖아요."

"인간이 인간답게 살 수 있는 길. 인간다운 인간을 실현할 수 있는 길. 그것은 틀릴래야 틀릴 수가 없는 길입니다. 내 경우에는 그 길이 본능적으로 편안한 마음을 불러오기 때문에 혹여 몸이 힘들더라도 저절로 그쪽으로 가게 되지요."

그리고 그는 퇴계 이황에 대해서 말했다. 고향의 친척들은 선생 할배라 부른다는 그의 14대 할아버지. 퇴계는 인간이 마땅히 가야 하는 올바른 길을 평생 공부했고 또한 그것을 실천했으므로 그가 내어놓은 길을 걸어가는 것은 너무도 자연스럽고 편하다고 했다. 퇴계의 말씀은 평상시에는 도덕적인 삶으로 이끌고, 위기 시에는 공동체를 위해 행동하도록 인도하는 빛이 된다고 했다.

"올바른 삶의 길을 향해 옷깃을 여미고 나아가는 것. 거기에서 나는 자유와 평화를 느낍니다. 오직 그것뿐입니다."

흔들리는 전차 안에서 노을을 바라보며 그가 중얼거리듯 말했을 때, 나는 그가 바라보는 세상이 내가 보고 있는 세상과는 다르다는 생각이 들었다. 그러나 한편으로 그는 최선을 다해서 그 세상을 내게 보여주고 싶어 한다는 생각도 들었다.

하지만 나는 너무도 범속한 사람. 그가 밤하늘의 별처럼 멀리서 반짝이는 그 무엇을 노래할 때, 나는 그 아름다움을 느낄 수는 있으나 그곳을 향해 다가갈 수는 없었다. 그는 멀

고 높은 곳에서 함께 같은 곳을 바라보기를 원하는 것 같았
으나 나는 그저 낮고 가까운 곳에서 서로의 얼굴을 마주보기
를 원할 따름이었다.

한 개의 별을 노래하자 꼭 한 개의 별을
십이성좌 그 숱한 별을 어찌나 노래하겠니

꼭 한 개의 별! 아침 날 때 보고 저녁 들 때도 보는 별
우리들과 아-주 친하고 그 중 빛나는 별을 노래하자
아름다운 미래를 꾸며 볼 동방의 큰 별을 가지자

한 개의 별을 가지는 건 한 개의 지구를 갖는 것
아롱진 설움밖에 잃을 것도 없는 낡은 이 땅에서
한 개의 새로운 지구를 차지할 오는 날의 기쁜 노래를
목안에 핏대를 올려가며 마음껏 불러 보자

처녀의 눈동자를 느끼며 돌아가는 군수야업軍需夜業의 젊
은 동무들
푸른 샘을 그리는 고달픈 사막의 행상대行商隊도 마음을 축
여라
화전에 돌을 줍는 백성들도 옥야천리沃野千里를 차지하자

다 같이 제멋에 알맞는 풍양豊穰한 지구의 주재자로
임자 없는 한 개의 별을 가질 노래를 부르자

한 개의 별 한 개의 지구 단단히 다져진 그 땅 위에
모든 생산의 씨를 우리의 손으로 휘뿌려 보자
앵속櫻粟처럼 찬란한 열매를 거두는 찬연餐宴엔
예의에 끄림없는 반취半醉의 노래라도 불러 보자

염리한 사람들을 다스리는 신神이란 항상 거룩합시니
새 별을 찾아가는 이민들의 그 틈에 안 끼여 갈 테니
새로운 지구엔 단죄 없는 노래를 진주처럼 흩이자

한개의 별을 노래하자. 다만 한 개의 별일망정
한 개 또 한 개의 십이성좌 모든 별을 노래하자.[9]

---

9 이육사 시 「한 개의 별을 노래하자」 전문 - 《풍림》(1936.12)

늦게 도착한

이야기

내비게이션은 도착 시간을 1시간 후로 예상하고 있다. 중앙 고속도로를 벗어나면서 안동까지 남은 시간을 가늠해 보며 나는 다시금 마음이 조급해진다. 자꾸만 올라가는 운전 속도를 낮추려 노력하면서 그 대신 카오디오의 볼륨을 높여본다.

원고를 읽고 나서 그녀를 만날 결심을 하기까지 오랜 머뭇거림이 있었다. 하지만 막상 마음을 먹고 나서는 모든 것이 빠르게 진행되었다. 그녀에게 연락을 해서 약속을 잡고 차를 몰고 나선 뒤, 호흡을 가다듬기 위해 고속도로 휴게소에서 원고를 펼쳐들기도 했다. 하지만 나는 원고를 3분의 1쯤 읽고 나서 다시 운전대를 잡았다. 그녀를 빨리 만나고 싶었다.

보들레르로 시작하여 보나르의 우정론까지 이어진 대화 즈음에서 읽기를 멈춘 상태로 원고는 지금 뒷좌석에 던져져 있다. 그러나 이후로 이어지는 이야기도 이미 외울 정도로 수십 번 읽었으므로 나는 그 내용을 모두 알고 있다. 처음에는 원본으로 읽었으나 종이가 훼손될 것 같아 복사를 해서 다시 읽고 또 읽었던 이야기. 나는 이제 그 이야기를 그녀에게 전해주려고 한다.

그녀의 이름은 옥비沃非라고 했다. 기름질 옥, 아닐 비. 기름져서는 안 된다는 뜻이다. 비옥하게 살지 말고 소박하게 욕심 없이 살아가라는 의미다. 육사는 37세에 얻은 외동딸에게 어쩌자고 이런 가난한 이름을 지어주었을까? 아무리 청빈을 추구하는 가풍 속에 자랐다 해도 쉽사리 이해할 수 없는 일이다.

하긴, 이해할 수 없는 일이 어디 그뿐일까? 30년 전에 씌어진 원고가 내 손에 들어오게 된 과정부터 이해할 수 없는 일 투성이었다. 이모는 왜 이런 글을 썼으며 하필 내게 주고 싶어 했는지, 엄마는 왜 이것을 이제야 내게 전해줄 마음을 먹게 되었는지… 엄마의 마음을 움직인 계기가 된 사건부터 일단 내겐 도무지 이해할 수 없는 영역에 있다.

아무튼 무려 80년 전부터 시작되는 그 이야기 속의 남자와 여자는 육사와 나의 이모다. 그리고 잠시 후엔 그 남자의 딸과 그 여자의 조카가 만나게 된다. 이옥비, 그리고 나.

퇴계 종택 삼거리에서 퇴계 묘소쪽으로 꺾어지자 육사의 고향에 왔음이 실감난다. 이모의 원고를 거듭 읽으면서 육사의 작품들을 검토하고 육사의 생애를 추적하다 보니 어느덧 그는 내게 너무도 친숙한 사람이 되어 있다.

물론 그 이전까지는 대부분의 사람들에게 그렇듯 육사는 내게 민족시인이나 저항시인이라는 이름 아래 범접하기 힘든 인물로 존재했었다. 그만큼 그에 대해 표면적으로만 알고 있었다는 얘기다.

이모의 글을 통해 알게 된 육사는 단순히 시를 통해서만 저항을 한 시인이 아니라 실천적 행동 의지로 항일 투쟁에 나선 투사였다. 하지만 일제 치하의 민족운동은 비밀스레 이루어질 수밖에 없었으므로 지하 운동에 참여한 듯한 그의 행적은 뚜렷이 남아 있는 자료가 많지 않았다. 체포되었을 때 작성된 신문조서라든지 소행조서 등이 그나마 공식적인 기록이었지만 육사가 그때 모든 것을 사실대로 진술했을 가능성도 희박했다.

그래서 나는 더욱 열심히 육사의 글을 반복해서 읽었다. 그가 남긴 40편의 시와 40여 편의 산문에는 그의 마음과 행동이 퍼즐처럼 스며들어 있었다. 그 퍼즐을 끼워 맞춰 나갈수록 육사의 이미지는 시인과 투사, 군인과 선비, 전통과 근대를 넘나들며 입체적으로 다가왔다. 이모가 쓴 글도 더불어 생명력을 얻는 것 같았다.

퇴계 묘소를 지나며 휘어진 언덕길을 따라 올랐다가 다시 내려서자 곧바로 원촌마을이 눈앞에 펼쳐진다. 마을 뒤로 뻗어내려온 다섯 산줄기와 마을 앞으로 흐르는 낙동강의 조화가 마치 신선이 거문고를 타는 모양 같다고 알려진 곳이다. 그 지형을 제대로 살필 새도 없이 나는 서둘러 강변의 주차장에 차를 세우고 원고 뭉치를 챙겼다.

강을 등지고 주차장 계단을 오르니 오른쪽으로 육사 생가터가 보였지만 잠시 일별한 뒤 왼쪽 언덕의 이육사문학관으로 향한다. 문학관 옆에 자리잡은 육우당, 그곳에서 그녀가 지금 나를 기다리고 있다.

"이렇게 앉아서 차도 마시고 잠도 잘 수 있게 되어 있는 진짜 집인 줄은 몰랐어요. 외관만 생가의 모습을 재현한 모형 집일 거라고 생각했거든요."

그녀가 차려온 다과를 받아들면서 나는 육우당의 내부를 다시 한번 둘러보았다. 생가터에 있던 집을 그대로 본떠 지었다는 육우당은 아직 새 건물이라 육사의 옛숨결을 느끼기엔 부족했지만 내 앞에 마주 앉은 그녀는 틀림없는 육사의 외동딸.

"네, 여기서 충분히 생활을 할 수는 있지만 저는 저 아래 생가터 바로 옆에 있는 고택에서 살고 있어요. 여기! 육우당六友堂이라는 당호처럼 여섯 형제의 우애를 기리는 공간인데 제 살림을 쌓아두고 살 수는 없으니까요. 주로 손님을 맞이하는 용도로 쓰고 있지만, 문학관 일이 없을 땐 그냥 저 혼자 이곳에 머무는 시간도 많아요."

아버지의 사진을 걸어놓은 방 안에서 그녀는 평화로워 보인다. 육사가 떠난지 70년이 훌쩍 넘었으니 그녀도 이제 70대 후반일 것이다.

안동댐 건설 당시 철거대상이 되어 시내로 옮겨진 생가 한옥은 해체 조립 과정에서 앉음새가 변형되고 방향도 달라졌다고 한다. 그래서 문학관 부속 건물로 지은 육우당만큼은 원래의 모습 그대로 살리고자 애썼다는 그녀.

육사가 떠날 때 세 살이었던 그녀는 이제 그렇게 아버지의 흔적을 관리하고 바로 잡아가는 일을 하고 있다.

"아버님께서 직접 지으셨다는 '옥비'라는 이름의 의미가 놀라웠어요. 보통 '구슬 옥'이나 '왕비 비'를 많이 쓰는데, '기름질 옥'에 '아닐 비'라니⋯ 예쁜 이름의 한자 속에 담긴 무서운 의미랄까요? 육사라는 호도 마찬가지일 테지만요."

"기름지지 말라는 건, 욕심 없이 남을 배려하며 간디처럼 살아가라는 뜻이라더군요. 하지만 학교 다닐 땐 너무 특별한 이름이라 싫었어요. 육사의 딸이라는 사실 자체도 특별했지만⋯ 국어 선생님이 교과서에 나오는 아버지의 시를 나한테 읽으라고 하면 어딘가로 숨고 싶었죠. 눈에 띄지 않게 살고 싶어서 늘 입을 꽉 다물고 고개를 푹 숙이고 다녔어요. 친구들은 아버지가 시인이고 독립운동가라서 좋겠다고 말했지만 나는 지게꾼이라도 좋으니 아버지가 곁에 있으면 얼마나 좋을까 늘 생각했어요. 원래 밝은 성격이었는데 중학생 때부터 말을 안 하게 되었죠."

하지만 그녀는 지금 밝은 표정으로 이야기하기를 즐기는 것 같아 보인다. 모든 것을 과거로 흘려보내고 다시 어린 시절의 원래 모습으로 돌아간 듯 편안해 보인다.

"이곳 육우당에서 큰아버지와 아버지, 그리고 네 명의 삼촌들이 어울려 놀고 공부하는 모습을 바라보던 조부모님과 증조부모님는 얼마나 흐뭇했을까, 이제 이 나이가 되고 보니 상상이 되네요. 형제들은 대구로 이주해서도, 또 서울로 가서도 함께 모여 살 때가 많았죠. 서예가, 평론가, 기자, 화가… 다양한 장르에서 활동하는 동생들을 챙기면서 서로 칭찬하던 모습이 보기 좋았다고 어머니께서 자주 말씀하셨어요. 시집와서 어려운 살림 꾸려 가느라 고생하면서도 그때가 참 좋았다고…"

어머니… 육사의 아내이자 옥비의 어머니… 나의 이모가 궁금해했을 존재의 언급에 이르자 비로소 나를 이곳으로 보낸 원고가 떠오른다. 이모가 20세기 중반에 겪은 일을 20세기 후반에 회상하여 기록한 원고. 그것이 21세기 초반에 문득 나를 찾아온 까닭을 혹시라도 이곳에서 찾을 수 있을까?

"할머니께서는 여섯 아들에게 술과 담배도 함께 하라고 하셨어요. 형제들이 너무 법도에 얽매이게 되면 우애를 해치게 된다고 말이죠. 그래서인지 아버지께서 돌아가시고 난 뒤엔 삼촌들이 어머니에게 술을 가르쳐 드려서 술 친구가 되셨다고 해요. 형수님이 아니라 누님이라고 하면서 어머니를 위로해 주셨던 거죠. 요즘처럼 교통이 편리할 때도 아닌데 삼촌들은 한달에도 서너 번씩 대구로 내려오셔서 저를 끌어안고 볼을 비비며 울다가 어머니와 술을 마시곤 했어요. 삼촌들은 아

버지를 생각하며 저를 끌어안고 우셨겠지만 저는 그게 깔끄럽
고 싫어서 삼촌들이 서울서 내려온다고 연락 오면 미리 이웃
으로 도망을 가기도 했지요. 삼촌들이 모두 멋쟁이여서 친구
들이 구경을 올 정도였는데도 말이죠."

　불편했던 어린 시절을 회상하면서도 그녀의 얼굴은 아이처
럼 행복한 표정이 된다. 아버지를 잃은 그녀를 안타까워하며
자주 찾아와 주었던 삼촌들의 마음을 이제는 이해할 수 있기
때문이리라.

　"아버지도 멋쟁이였다고 들었는데 삼촌들도 모두 그랬어요.
큼직한 코트를 멋스럽게 입거나 베레모에 망토를 걸치기도 했
고 승마복 같은 옷을 입었던 것도 기억나요. 하지만 그런 삼촌
들과의 만남도 오래 가지는 못했죠. 해방 후에 셋째 원일 삼촌
과 넷째 원조 삼촌이 월북을 했고, 형님들 찾으러 북으로 갔던
다섯째 원창 삼촌도 실종이 되었거든요."

　"힘드셨겠어요. 그 당시엔 연좌제가 있었으니…"

　"그렇죠. 아버지나 삼촌의 흔적을 찾고 싶어도 행여 자식들
에게 피해가 갈까봐 침묵했던 시간이 길었습니다. 넷째 원조
삼촌은 숙청 당해 옥사했다고 알려졌고, 다섯째 원창 삼촌은
육이오 무렵 해주에서 폭격을 맞아 돌아가셨다는 소식이 들렸
어요. 셋째 원일 삼촌의 아들은 나중에 평양시장이 됐다는 얘
기도 있었는데, 그 얘기가 오갈 때 제 남편이 어딘가로 불려가

서 종일 조사를 받기도 했어요. 저와 결혼하기 전의 일이니 모른다고만 했다는데, 사촌오빠는 며칠 동안 조사를 받았다고 하더군요."

그런 시절이었다. 해방 전에는 독립운동을 하는 이들이 사상범이었다면 한국전쟁 이후에는 정치 이념이 다른 이들이 사상범이 되어 탄압받았고 그 가족들까지도 고통을 받았다. 이모의 원고를 다 읽고 나서 처음으로 찾았던 서대문 형무소에서는 독립운동가들의 이름뿐만 아니라 독재를 반대했던 이들, 민주주의를 외쳤던 이들의 이름도 함께 볼 수 있었다.

"그 당시 많은 지식인들처럼 삼촌들도 공산주의를 유토피아로 생각했던 것 같아요. 삼촌들이 우리 집에 오면 유토피아 세계를 들려주셨다고 어머니도 말씀하셨죠. 어머니는 배우지 않고 시집 왔지만 뭐든 한번 보면 잘 하는 재주가 있어서 할머니로부터 글을 배워 신문 사설도 읽고 삼촌들과 토론을 할 수준까지 되었다고 해요. 함께 술 마시며 옛날 얘기부터 나라 돌아가는 얘기까지 나누다 보면 아버지도 해방 이후까지 살아계셨다면 삼촌들처럼 친일 세력이 판치는 상황을 견디지 못하셨을 거라는 생각이 들었다고 하더군요. 제 생각에도 아버지는 아나키스트였다는 생각이 들어요. 해방 이후에도 아마 친일파에게 고개 숙일 바에는 북으로 가서 혁명의 이념을 실현하려고 하셨을 것 같아요."

거침없이 말하는 그녀의 모습에서 육사의 그림자가 어른거린
다. 남성적이고 대륙적인 색채의 시에서 느껴지던 강인한 체질
을 그녀도 물려받은 것 같다, 고 생각하는 순간 그녀가 묻는다.

"그런데… 무슨 글을 갖고 계신다면서요?"

나는 화들짝 놀라 가방을 열며 원고 뭉치를 꺼내며 말한다.

"아, 네… 저희 이모가 쓰신 글인데, 너무 늦게 제 손에 들어
왔습니다."

옛이야기에 빠져 있다가 허를 찔린 기분이었다.

"혹시 여기에, 저 말고 또다른 혈육이 있다는 얘기는 없었습
니까?"

그녀는 원고를 받아들며 다시 불쑥 물었다.

"아니… 아니요, 그런 얘기는 없었습니다. 그럴 내용도 아니
고요."

원고에 등장하는 유일한 혈육인 그녀가 제일 먼저 궁금해
한 것이 또다른 혈육의 존재라는 것이 놀라워서 나는 당황했
다.

"아버지 돌아가신 뒤에 삼촌들이 모여서 양자를 결정했다고
해요. 다섯째 원창 삼촌의 셋째 아들인데, 아버지께서 특별히
좋아했던 조카라고 하더군요. 그래서 내게는 사촌이지만 동생
이 되었고 아들 노릇도 잘 했습니다. 그런데 나중에 육사의 아
들이 북한에 있다는 말이 있어서 추적을 해보았더니 아까 애

기했던 셋째 원일 삼촌의 아들이었다고 해요. 그 오빠가 육사의 아들로 알려진 바람에 우리 가족이 불려다녔던 거였죠. 그런데 어머니는 아들이 아니었다는 사실에 무척 아쉬워하셨어요. 어디든 아들이 하나 있다면 얼마나 좋겠냐고… 언젠가 서울에 육사의 딸이 있다는 말에 찾아가 본 적도 있는데 다른 시인의 딸이었던 적도 있고요. 그때도 어머니는 은근히 기대하셨고 저도 자매가 생기는 줄 알고 설레였답니다."

처첩 제도의 흔적이 남아 있었고 봉건적인 분위기에서 조혼을 한 남성이 신여성과 연애를 하는 일도 흔했다는 시절이지만 그래도 그 시절 아버지가 다른 곳에서 자식을 낳았다 해도 반길 각오가 되어 있는 딸은 결코 흔하지 않을 것이다. 아버지의 비밀스러운 행적이 뒤늦게 밝혀질 때마다 혹시라도 실망스러운 것이 드러나지는 않을까 걱정되는 마음에 그런 각오까지 생겨난 것일까? 지금도 그녀는 조마조마한 마음으로 이모의 원고를 읽어 나가고 있을지 모를 일이다.

원고를 건네 주고 나니 뭔가 어색한 기분이 들었고 그녀도 빨리 읽고 싶어하는 것 같아서 서둘러 숙소로 돌아온 후, 나는 이런 저런 생각에 빠져들고 있다. 내가 이모의 원고를 통해서 육사의 생애를 알게 되었듯 그녀는 어머니의 회상을 통해서 아버지의 생애를 알게 되었을 것이다. 한 남자를 바라보았던 나의 이모와 그녀의 어머니. 그 남자에 대한 그들의 기억은 어딘가 조금씩 다를 수 있을 것이다. 그 기억을 듣고 읽는 이들 또한 조금씩 다르게 해석을 할 수 있을 것이다.

일찌감치 자리를 펴고 피곤한 몸을 누이며 나는 이제 내 머릿속에서 펼쳐지는 이모의 원고를 읽어나간다. 읽을 때마다 조금씩 다르게 해석되는 부분들을 곰곰히 들여다본다. 읽을 때마다 어딘가 새롭게 다가오는 시들을 가만히 되뇌어 본다.

비
밀
의

남자

매운 계절의 채찍에 갈겨

마츰내 북방으로 휩쓸려오다

하늘도 그만 지쳐 끝난 고원高原

서리빨 칼날진 그 우에 서다

어데다 무릎을 꿇어야 하나

한발 재겨 디딜 곳조차 없다

이러매 눈 감아 생각해 볼밖에

겨울은 강철로 된 무지갠가 보다.[10]

　　1940년 새해는 「절정」으로 시작되었다. 새해 첫날엔 눈이 내리지 않았고, 그래서 답설도 할 수 없었고, 지난 달 그와 함께 했던 답설의 장면들만 떠올릴 수밖에 없었다.

　　그리고 「절정」이 있었다. 눈이 온세상을 덮어버릴 때 그가 어김없이 떠올린다는 만주 벌판, 그곳의 이미지가 제일 먼저 떠오른 시였다. 하지만 반복해서 읽을수록 그곳은 단순히 북방의 어느 한 지점이 아니라 그가 처해 있는 상황의 절박함으로 읽혔다. 한발 재겨 디딜 곳조차 없는 막막함. 더 이상 물러

---

10 이육사 시 「절정」 전문 – 《문장》(1940.1)

설 수 없는 극한 상황.

어쩔 수 없는 상황이지만 스스로 선택한 것이기에 몸을 꼿꼿이 세우고 있는 그의 모습이 보이는 듯했다. 칼날 같은 추위 속에 칼끝 위의 절정에 오른 그는 고독과 몰입 속의 또다른 절정을 맛보고 있는 듯했다.

그래서 나는 비로소 그의 모습을 있는 그대로 받아들일 수 있었다. 1940년 1월에 발표된 「절정」에서부터 그의 시는 단단한 저항성을 보여주기 시작했고, 나 또한 강철 같은 그의 의지를 받아들이기 시작했다. 위험한 절정에서 그는 백기를 들지 않았지만, 그의 「절정」에서 나는 속절없이 뒤로 물러설 수밖에 없었던 것이다.

그리하여 음력 설을 앞두고 그가 찾아왔을 때, 나는 그 어떤 기대도 없이 그를 맞이했다.

"창경원에 가려고 하는데, 함께 갈 수 있겠소? 겨울이라 벚꽃이 없어 낭만은 부족할 테지만…"

이번엔 틀림없는 데이트 신청 같았지만 나는 더 이상 설레지 않았다. 책방 문을 닫고 그를 따라 나서면서도 그저 투덜거리듯 말했을 뿐이었다.

"그깟 사쿠라, 일본의 꽃인데 뭐가 그리 좋나요? 우리 궁궐을 점령한 듯 가득 피어 있는 모습을 보지 않는 게 그나마 마음

편하겠지요."

"꽃이 무슨 죄가 있겠습니까? 사쿠라가 일본을 상징하는 꽃이라지만 조선의 벚꽃이 먼저입니다. 게다가 궁궐은 또 무슨 의미가 있겠습니까? 삼일운동으로 탄생한 임시정부는 더 이상 왕이나 황제가 통치하는 정부가 아닙니다. 우리는 이제 백성이 아니라 국민입니다. 우리가 지금 온전한 모습으로 되찾아야 할 것은 왕정이 아니라 공화정, 대한민국입니다."

종로 삼정목 쪽으로 바삐 걸으며 그는 말했다. 낭만 따위는 전혀 찾아볼 수 없는 그의 걸음걸이를 쫓아가며 나는 시비를 걸어보았다.

"그래도 오백 년 동안 여러 왕이 바뀌면서 이어온 전통이라는 게 있잖아요. 궁궐이야말로 무슨 죄가 있겠어요? 아무리 망한 나라라고 해도 왕궁 안에 동물들을 풀어놓고 구경거리로 만들면서 이름까지도 창경궁을 창경원이라고 바꾼 건 너무 하지요."

"임진왜란 때는 백성을 버리고 떠나는 임금에 대한 배신감으로 궁궐에 불을 지른 이들도 많았습니다. 나라를 빼앗기고도 불타지 않았으니 그마나 다행이지요. 나는 궁궐이 옛모습을 잃은 건 아무렇지도 않아요. 내 고향이 본래 모습을 잃은 건 너무도 안타깝지만… 내가 아주 어렸을 때, 우리 동리에는 무슨 큰 변이 났다고 해서 모두들 산중으로 농장으로 피난을

간 적이 있습니다. 그때 고종의 강제 퇴위를 계기로 의병이 일어났는데, 안동 예안의 의병장들이 모두 퇴계 가문 출신의 선비들이라고 일본군이 퇴계 종택에 불을 지르는 바람에 어린 아이였던 나까지 업혀서 피난을 갔던 것이지요."

지금 생각하면 그것이 생애 첫 여행이었다고, 피난길로 시작된 인생이 지금껏 떠돌이의 여정으로 이어져 오는 것 같다고, 그는 쓸쓸히 말하면서 앞장서 나아갔다. 그 해 가을의 피난길 이후 3년이 지난 뒤에는 망국의 흉조인 양 하늘에서 일식이 일어나고 끝내 경술국치를 당하고 말았다고 이야기하면서…

추운 날씨 탓인지 창경원 앞에는 평소보다 사람들이 적었다. 벚꽃놀이가 한창이던 봄에 구경왔다가 요란하고 떠들썩한 풍경에 실망했던 때에 비하면 오히려 한갓지고 좋았다. 가리울 데만 얄팍하게 가린 여자들이 민망하게 다리춤을 추는 가설 무대 따위도 없을 테니 더 좋겠다는 생각도 들었다.

성큼성큼 앞서 걷던 그가 돌연 발걸음을 멈추더니 나하고 보폭을 나란히 하며 걷기 시작했다. 매표소 앞에 이르렀을 때는 곁으로 바짝 다가서더니 내 팔을 잡아당겨 팔짱을 끼는 바람에 나는 화들짝 놀랐다.

"괜찮아요. 그냥 앞만 봐요."

시선을 앞으로 둔 채 그는 조용히 말했다. 나도 그의 시선을 따라 앞만 보면서 함께 매표소를 지나고 홍화문을 지났다. 팔짱을 낀 채 우리는 연인의 모습으로 창경원으로 들어선 것이었다. 형사의 불심검문에 걸린 것은 바로 그때였다.

"신분증 좀 봅시다."

제복을 입지는 않았지만 위압적인 말투만으로도 형사라는 느낌이 드는 사내였다. 나는 다시 한번 화들짝 놀랐지만 그는 대수롭지 않은 듯 안주머니에서 신분증을 꺼냈다. 그것을 받아들어 살펴보던 사내가 갑자기 자세를 바로 하더니 그에게 거수 경례를 했다.

"수고가 많군."

그는 여유 있게 말하며 사내의 어깨를 한 번 툭 쳤다. 신분증을 돌려주는 사내의 태도가 더할 나위 없이 공손했다. 그는 다시 내 팔짱을 끼더니 명정전을 향해 걸으며 속삭였다.

"이 신분증은 처음 써보는데 꽤 쓸모가 있군요. 나중에 국경을 넘을 때도 유용할 것 같습니다."

명정전 앞의 꽃밭에서 동물원으로 향하는 길을 외면한 채 그는 후원인 춘당지 쪽으로 나를 이끌었다. 계속 끼고 있는 팔짱이 어색했던 것도 잠시, 나는 이내 그의 체온을 느끼며 오래 전부터 그래왔던 것처럼 편안함을 느꼈다. 전각들을 둘러싸고 있는 나목들, 호수를 향해 늘어진 나뭇가지들, 그 메마른 풍경 속에서도 따뜻함이 느껴졌다. 하지만 평온한 시간은 길지 않았다.

"잠시만 여기서 기다려요."

정오를 알리는 날카로운 사이렌 소리가 울리자마자 그가 내 팔짱을 풀며 말했다. 그리고 눈앞에 보이는 식물원쪽으로 급히 달려가더니 이내 그 뒤편으로 사라졌다. 식물원은 대온실로 지어진 터라 규모부터가 뭔가 비현실적으로 느껴지는 유리 건물이었다. 아기자기한 전각들로 시작하여 무슨 미술관이니 전시실이니 하는 일본식 건물과 서양식 건물이 하나둘 나타나더니 급기야 완전히 다른 세상이 눈앞에 펼쳐진 것 같았다. 그가 사라진 대온실 뒤편을 바라보며 나는 한참 동안 멍하니 서 있었다.

그가 다시 내 곁으로 돌아왔을 때, 나는 그의 가방이 바뀐 것을 알아차렸다. 온실쪽으로 사라졌던 그가 어떻게 호수쪽에서 나타났는지도 의문이었지만 나는 아무 것도 묻지 않았다. 주변에 있는 사람들이 모두 우리를 주시하는 것만 같았다. 누군가는 형사일 것 같았고 누군가는 연락원일 것 같았다.

「청포도」를 다시 여러 번 읽어보니 아름다움 말고 다른 것들도 느껴졌어요. 예를 들어, 고향에 대한 그리움 같은 것… 그런데 거기에 등장하는 바다가 마음에 걸리더군요. 선생님의 고향엔 바다가 없으니…"

다시 홍화문쪽으로 돌아가면서 길어진 침묵을 깨뜨리려 나는 「청포도」에 대한 이야기를 꺼냈다.

"그렇지요. 게다가 우리 고향에 청포도밭은 없어요. 산머루에서 그 이미지는 느낄 수 있지만."

"그렇다면 그 시에 나오는 '내 고장'은 고향이 아니라 이 세상에 없는 이상향 같은 곳인가요?"

"맞기도 하고 틀리기도 하겠군요. 머루에서 청포도를 느끼고, 강물에서 바다를 느낄 수도 있으니 이 땅 어느 곳이든 그 고장이 될 수 있습니다. 하지만 아직 청포도가 익지는 않았으니 그 고장이 어느 곳이든 아직 그 시절이 도래한 것은 아니지요. 청포도처럼 우리 민족이 익어간다면 그때 비로소 이상향이 실현되어 일본은 이땅에서 끝장날 것이고 말이지요."

그가 주머니에서 궐련을 꺼내더니 내게 잠시 가방을 맡기고 불을 붙였다. 가방은 예상보다 묵직했고 「청포도」의 의미 또한 생각보다 무거웠다. 다시 가방을 받아들고 궐련의 연기를 내뿜으면서 그는 말했다.

"나는 이 담배 연기만 보면 폼페이 최후의 날이 떠오릅니다. 어쩌면 나에게는 진정코 최후를 맞이할 세계가 머리의 한편에 있는지도 모릅니다. 그것이 타오르는 순간 나는 얼마나 기쁘고 몸이 가벼울 것인지요. 그때 나는 혼자 옅은 미소를 짓고 있을 것이고, 그때 나 자신은 로마에 불을 지르고 가만히 앉아서 그 타오르는 광경을 보는 폭군 네로일지도 모릅니다. 거미

줄같이 정교한 시가! 대리석 원주! 극장! 또는 벽화! 그 모든 것들이 타오르는 것을 보는 네로의 마음은 얼마나 통쾌하겠습니까? 로마에 불을 지르고 그 찬란한 문화를 검은 오동마차에 실어 장지로 보내면서 호곡하는 인민들을 보는 네로! 초가삼간이 다 타도 그놈 빈대 죽는 맛이 좋다고 하는 사람의 마음과 같이 통쾌하지 않았을까?"

그의 목소리는 나긋나긋해서 오히려 섬뜩했다. 옅은 미소를 지으며 꿈꾸는 듯 먼곳을 바라보고 있는 그에게 나는 아무 말도 할 수 없었다.

"지금 내 머리 속에서 불타고 있는 내 집은 그 속에 은촛대도 있고 훌륭한 현액도 있기는 하나 너무도 오래된 집이라 빈대가 많기로 유명한 집입니다. 이 집은 그나마 한쪽이 기울어서 어느 때 어떻게 쓰러질지도 모르는 것이지요. 그놈의 빈대란 흡혈귀를 전멸한다면 나는 내 집에 불을 싸지르고 로마를 태워 버린 네로가 될 것입니다."

그의 상상이 도대체 어디까지 뻗어나갈지 두려워지는 찰나, 그가 문득 발걸음을 멈추었다. 나는 그의 시선이 가 닿은 곳을 바라보았다. 옥천교 근처의 전각 한 모퉁이에 자리잡은 한 그루 나목이었다.

"매화 나무입니다. 이렇게 죽은 것처럼 보여도 이른 봄에 홀로 피어나 고고한 향기로 봄 소식을 전해 주지요. 선생 할배께서 특히 매화를 아끼셨어요."

"그 퇴계 선생께서는 몇백 년 후의 자손들 마음을 수시로 지배하시니, 참 놀라운 일입니다."

그의 상상을 멈추게 한 것이 한 그루 매화 나무라는 사실이 허탈하면서도 안심이 되어 나는 가볍게 농을 섞어 그의 조상을 찬양했다. 하지만 그는 정색을 한 채로 다시 먼곳으로 시선을 향하더니 이번에는 상상이 아닌 옛 기억 속으로 들어가기 시작했다.

"고향 마을로 들어가는 입구 산중턱에 선생 할배의 묘소가 있습니다. 거기서 내려다 보이는 하계 마을에도 우리 집안 사람들이 모여 사는데, 그 마을의 향산 이만도 선생이 경술국치 때 일제의 백성으로 살 수 없다며 단식으로 순절하셨어요. 문중 사람들과 고향 사람들이 울며 만류했으나 스무나흘 동안 곡기를 끊고 서서히 죽어가며 모두에게 엄청난 영향을 미쳤던 것이지요. 그분의 아우는 일제가 은사금을 주겠다고 억지로 데려가려 하자 스스로 칼로 목을 찔렀으며, 그분의 며느리는 삼일 만세운동에 앞장서다 체포되어 인두로 눈을 지지는 고문을 당해 실명하였으니, 고개 너머 마을에서 그 모든 이야기들을 전해 들으면서 내가 어떻게 자라났을 것 같습니까?"

제대로 상상이 되지 않아 미처 대답도 할 수 없는 이야기들이었다. 나라를 빼앗기자 비분강개해서 화병으로 세상을 떠난 어른도 있었다는 이야기를 그가 덧붙일 때, 그들의 항일은 애국 이전에 가문의 자존심이 아닌가 싶기도 했다.

"집안 어르신이 아니더라도 퇴계의 영향 아래 살아온 사람들의 이야기는 고향에 넘쳐납니다. 난봉꾼인 파락호를 자처하면서 집안의 재산을 모두 빼돌려 독립자금에 보탠 이는 퇴계의 제자인 학봉의 종손이고, 임청각의 만석 재산을 팔아 만주로 망명해 독립운동 기지를 세운 이상룡 선생은 퇴계 학맥의 계승자입니다. 퇴계의 후손이든 아니든 퇴계의 그늘 아래 살아가는 사람들은 그 시대마다 옳은 길을 찾아서 의병과 자결 순국, 독립운동과 그 지원으로 자연스럽게 이어지게 되지요. 나 또한 그 길 위에 있고 또한 계속해서 옳은 길을 따라 나아갈 것입니다. 인간다운 삶을 되찾을 때까지."

그의 긴 이야기가 끝났을 때, 우리는 어느덧 창경원 밖으로 나와 있었다. 번잡한 거리가 새삼 낯설어 두리번거릴 때 그가 다시 앞장서서 종로 쪽으로 걸어갔다. 나는 문득 온몸을 덮쳐오는 서늘한 기운에 몸을 떨다가 서둘러 그의 뒤를 따라 걷기 시작했다.

쟁반에 먹물을 담아 비쳐본 어린 날
불개는 그만 하나밖에 없는 내 날을 먹었다

날과 땅이 한 줄 우에 돈다는 고 순간만이라도
차라리 헛말이기를 밤마다 정녕 빌어도 보았다

마침내 가슴은 동굴보다 어두워 설래인고녀
다만 한 봉오리 피려는 장미 벌레가 좀치렸다

그래서 더 예쁘고 진정 덧없지 아니하랴
또 어데 다른 하날을 얻어
이슬 젖은 별빛에 가꾸련다.[11]

　창경원에서 서점으로 돌아왔을 때, 나는 차를 한 잔 대접하길 원했으나 그는 미안하다며 급히 돌아섰다. 연애는 불가하다 했던 말을 잊고 잠시 로맨스를 꿈꾸었던 것이 부끄러워진 순간이었다. 그날 창경원에서 그는 분명 어떤 연락원과 비밀스러운 접촉이 있었을 것이고 나는 그 과정에서 변장을 위한 하나의 도구가 되었던 것이겠지만, 아무려나 그에게 내가 무언가 쓸모있는 존재가 될 수 있다면 그것만으로도 족한 일.
　그의 마음이 가닿는 곳은 언제나 먼 하늘이며 그의 발길이 가는 곳은 언제나 흐트러짐 없는 길임을 다시 한번 되새기면서 나는 그의 모습을 있는 그대로 받아들이리라 거듭 다짐했

---

11 이육사 시 「일식」 전문 -《문장》(1940.5)

다. 어떤 형태라도 좋으니 그를 다시 볼 수만 있다면 행복하리라 생각하면서.

하지만 한 달도 채 지나지 않은 어느날 밤, 서점 문을 닫기 직전에 나타난 그는 불쑥 내게 말했다.

"다시는 오지 않을 것입니다."

단정한 차림새였지만 쫓기는 사람처럼 다급한 말투였다. 나는 그에게 가까이 다가서며 물었다.

"네? 무슨 말씀이신지…"

"이곳에 다시는 찾아오지 않겠다는 말입니다."

그제서야 나는 그가 술에 취한 걸 알았다. 서점의 조명등을 끄면서 나는 무심한 듯 말했다.

"아, 그렇군요. 김유신처럼 말의 목이라도 자르셨나요?"

"말이라도 있다면 그럴 각오이긴 합니다만… 그래요. 나에겐 말 한 마리도 없군요. 내가 김유신이 아니고 그대가 천관이 아니듯…."

그가 허탈한 듯 웃으며 나의 의자에 앉더니 말을 이어나갔다.

"외당숙인 허형식 장군은 백마를 타고 만주 항일연군을 이끌며 싸우는데 나는 있지도 않은 말의 목이나 벨 생각을 하고 있으니 참 부끄러운 일이군. 한때는 나도 말을 타고 총을 쏘는 연습을 하였건만…"

말없이 램프에 불을 밝히고 서점 문을 걸어 잠그는 내 모습을 물끄러미 바라보다가 그는 내게 경주에 가보았느냐고 물었다. 나는 고개를 가로저었고 그는 김유신 얘기에 경주가 생각난다고 말했다.

　"경주는 내게 아테네 같은 곳입니다. 박물관을 한 달쯤 보아도 금관, 옥적, 봉덕종, 사사자를 아무리 보아도 싫증이 나지 않지요. 주춧돌만 남은 옛궁터에서 첨성대를 굽어보면 쟁쟁한 옛날 소리가 들려오는 듯한 그곳…"

　말하며 잠시 감았던 눈을 뜨더니 그는 의자에서 벌떡 일어서며 덧붙였다.

　"다음 생엔 그런 평화로운 곳에서 태어나 다시 만납시다."

　그리고 단호히 문쪽으로 몸을 돌리는 그에게 나는 다급히 물었다.

　"다음 생이 있다고 믿나요? 혹시, 불교를 믿으시나요?"

　"종교는 없습니다. 굳이 말한다면 유교겠지요."

　"그렇다면 믿지도 않는 다음 생을 핑계로 지금 도망을 가시는군요."

　그가 다시 내게로 몸을 돌려 내 눈을 바라보았다. 나는 그 눈을 똑바로 마주 보며 대답을 기다렸다.

　"맞아요. 도망치는 겁니다. 자꾸만 무언가를 말하게 만드는 그대가 나는 두려워요. 그 누구에게도 내 얘기는 잘 하지 않았는데… 하고 싶을 때가 있어도 잘 참을 수 있었는데… 그대는 대체 누구길래 내 모든 걸 이야기하게 만드는 것인지… 이유를 알 수가 없어서 더욱 두렵습니다."

범행을 순순히 자백하는 범인처럼 그는 힘 빠진 목소리로 말했다. 내 가슴 속에서 무언가 덜컥 내려앉는 것 같았다. 나는 램프를 들어올리고 골방을 향해 몸을 돌리며 물었다.

"동동주 좋아하세요? 저 혼자 간혹 마시려고 빚어둔 게 있습니다만."

무심한 듯 물었으나 손이 떨렸다. 그는 과연 어느쪽으로 돌아설까 생각하니 가슴까지 떨리는데, 그가, 문이 아니라 골방쪽으로 몸을 돌렸다.

"혹시 붓과 벼루가 있습니까? 취하기 전에 그림 한 장 그려보고 싶은데…"

골방으로 들어서면서 그는 물었다. 나는 그에게 화선지까지 챙겨준 뒤 좁은 부엌으로 향했다. 그가 먹을 갈고 그림을 그리는 동안 나는 김치와 두부로 간단히 술상을 차려 내왔다.

"이렇게 맛있는 동동주는 처음입니다. 누구한테 배운 솜씨인지요?"

"비밀입니다."

그가 웃으며 남은 잔을 비우더니 다시 붓을 들었다. 그리고

화선지에 그려놓은 난초 그림 윗쪽으로 글씨를 썼다. 의의가
패依依可佩. 네 글자였다.

"마지막 글자는 '패'인가요? 패물처럼 몸에 지닌다는 뜻?"

그림 아래쪽으로 '육사'라고 쓰고 있는 그에게 나는 물었다.

"그렇습니다. 내가 사모하고 의지하는 이들이 나의 시를 가
까이 지니며 즐겨주길 바라는 뜻입니다. 나의 시는 곧 나의 마
음이니까. 내가 만약 시집을 묶어내게 된다면 이 묵란도를 표
지로 삼으려 합니다."

그가 사모하고 의지하는 이들은 누구일까? 가족? 친구? 동
지? 혹은, 우리 민족? 묵란도를 앞에 놓고 그 대상을 궁금해하
고 있는 사이에 그가 낮게 가라앉은 목소리로 말했다.

"오늘, 여성 동지 한 명을 북경으로 보내고 왔습니다. 문서
를 전달하는 연락책 역할과 군자금 모집 활동을 부탁했어요.
그이의 조부가 나와 형제처럼 지낸 친척이니 손녀뻘 되지만
오백명의 근로자를 일깨운 동대문공단 파업 투쟁으로 옥고를
치르고 얼마 전에 출소한 당찬 동지입니다. 장진홍 의거 때 나
와 함께 투옥되었던 부친의 영향으로 학교를 그만두고 십육
세부터 일본인 방직 공장에 들어가 노동운동을 하며 형무소를
드나들다가 이제 겨우 이십이 세가 되었지요."

"저와 동갑이군요."

나도 모르게 대꾸하자 그가 잠시 내 얼굴을 바라보았다. 그

래서 나는 또 대꾸했다.

"남들은 좋은 나이라고 하던데, 저는 잘 모르겠습니다. 이십이 세… 스물둘…"

"좋은 나이는 분명합니다. 십사 년 전의 내 나이를 생각해보면 분명 그래요. 그런데 문제는… 그 좋은 나이에 착취당하는 노동자가 너무 많다는 것이지요. 그보다 어린 나이에, 특히 여성들이 낮은 임금과 부당한 처우로 공장에서 혹사당하는 경우가 너무 많아요. 전시 체제로 접어들면서 일제는 이제 그들을 노동자가 아닌 죄수 취급을 하며 일을 시킵니다. 그들 모두가 해방되어야 할 수인인 것이지요."

새로 채운 잔을 그는 단숨에 비웠다. 나는 또다시 잔을 채워주고 그의 얼굴을 바라보았다. 내 시선을 피하듯 그는 새삼 좁은 골방을 둘러보며 말했다.

"그러고 보니 이 방은 지하실 같기도 하군요. 군관학교 졸업식 날 여흥무대의 연극에 배우로 출연하기도 하고 극본을 쓰기도 했었는데, 그때 직접 썼던 극의 제목이 「지하실」이었어요. 공장 지하실에서 일하던 노동자들이 라디오 방송을 통해 혁명이 성공했다는 소식을 듣게 되는 이야기였지요. 나는 졸업 후에 노동운동을 통해 혁명을 이루기를 원했어요. 그래서 김원봉 교장이 졸업 후 계속 대륙에서 활동할 것을 권했지만 어렵사리 설득하고 귀국을 했던 것입니다. 초기부터 발각되어 손발이 묶여버릴 줄도 모르고…"

"자본가들의 눈에 노동자는 노예로 보일 텐데 그 상황이 그리 쉽게 바뀌겠어요? 봉건사회의 남성들이 여성들을 노예로 보던 태도가 근대사회에서도 쉽게 바뀌지 않는 것처럼 말이지요."

말하며 나는 빈 잔을 그에게 내밀었다. 겨우 한 잔을 비웠을 뿐이지만 내가 더 취한 것 같았다.

"봉건사회의 남성이라고 다 그랬겠습니까? 세상의 모든 생명을 똑같이 사랑하고 공경하라는 일체경지의 덕목을 실천한 퇴계 선생 같은 이도 있습니다. 상처한 후 맞이한 두번째 부인이 정신이 온전치 못했지만 각별히 보살폈고, 아들이 일찍 사망하자 젊은 며느리가 재혼할 수 있는 길을 열어 주었으며, 손자가 젖이 모자라 죽어가도 젖먹이를 키우는 여종을 유모로 보내는 비인간적인 일은 하지 않았습니다. 까마득히 어린 제자와 논쟁을 벌이며 주고 받은 편지에서도 겸손한 인사가 빠지지 않았지요. 지금에 와서는 당연한 평등의식이라 하겠지만 당시로서는 드문 일이었기에 그 귀한 마음을 닮고자 나도 늘 노력하고 있습니다."

인정한다는 듯 고개를 끄덕이며 나는 다시 한번 그의 잔에 술을 채워 주었다.

"하지만 당시의 정서까지도 닮게 되어 무의식적으로 낮은 이들을 배려한다는 태도로 행하기도 했을 것입니다. 특히 그대는 내가 미처 눈돌리지 못한 부분, 그저 지식으로만 받아들이고 마음으로는 받아들이지는 못한 부분을 지적해 주어서 나를 반성하게 만들기도 했지요. 일체경지는 내가 그렇게 유념하며 이루고자 애쓰는 덕목입니다. 이제 다시 못 볼 듯하니, 내가 여성에게 지나치게 봉건적이라는 오해만큼은 풀고 싶군요."

"다시 못 볼 듯해서 그런가요? 그럼 오해를 풀지 말아야겠군요. 그래야 다시 볼 수 있지 않겠습니까?"

예상치 못했던 말을 하면서 발음까지 혀가 풀린 듯 뭉개지는 것 같았다. 나는 당황하며 덧붙여 또박또박 말해 보았다.

"선생님께서는 술에 잘 취하지 않으시는 것 같네요."

그래도 여전히 뭉개지는 발음에 그가 웃으며 반문했다.

"취하지 않을 리야 있겠습니까? 가끔 이렇게 마시다가 깨면 사후세계에 도달해 있지나 않을까 생각하기도 해요. 술에 만취했다가 깨면 허전한 마음이 두렵기도 하고… 다만, 즐거워도 탐닉하지 않고 슬퍼도 상하지 않도록 애쓸 뿐이지요. 그런데 요즘은 술이 과할 때면 즐거우면서도 슬퍼지니… 그 슬픔을 탐닉하고 즐거움에 상할까 두려워지는군요."

내가 다시 그의 잔을 채우려 하자 그는 물리치며 말을 이어나갔다.

"좁고 어두운 방에서 이렇게 취하고 보니 봄비가 잦았던 남경의 쓸쓸한 여관살이가 떠오릅니다. 군관학교 졸업 후에 귀국 명령을 기다리며 머물러 있을 때였어요. 도서관을 가지 않으면 고책사나 골동점에 드나들던 그때, 비취 인장 하나를 얻게 되었는데 그다지 크지도 않은 그 도장에다가 모시 칠월장 한 편을 새겼으니 상당히 섬세하면서도 자획이 매우 아담스러워 명장의 수법임을 알 수 있었지요. 그게 얼마나 사랑스럽던지 밤에 잘 때도 손에 들고 자기도 했고, 그 뒤 어느 지방을 여행할 때도 꼭 그것만은 몸에 지니고 다녔습니다. 고향이 그리울 때나 부모형제를 보고 싶을 때는 그 인장을 들고 보고 칠월장을 한번 외어도 보면서…"

그의 빈 술잔을 바라보며 나는 내 앞의 잔을 비웠다. 그는 쓸쓸했던 시절을 회상하고 있지만 나는 아버지가 좋아하시는 동동주를 어머니와 함께 빚던 따뜻했던 시절을 떠올리고 있었다.

"아마도 내 향수와 혈맥이 통해 있을 그 소중한 비취인을 나는 귀국 직전에 윤세주라는 동지에게 주었습니다. 상해를 거쳐 조선으로 돌아올 때, 언제 다시 만날지 모르는 길이라 동지들과 그야말로 최후의 만찬을 같이하게 되었는데, 중외일보 기자 시절부터 알게 되어 나를 군관학교로 이끈 윤세주에게는 무엇이든 기념품을 주고 싶었기 때문이었지요. 금품을 준다 해도 받지도 않으려니와 그때 내게 금품의 여유도 별로 없었고, 꼭 목숨 이외에 사랑하는 물품이라야만 예의에 어그러지지 않을 경우라, 나는 그 귀여운 비취인 한 면에다 우리의 이름과 날짜를 새겨 내 평생에 잊지 못할 하루를 기념하고 이 땅으로 돌아왔던 것입니다."

윤세주… 그 애틋한 이름을 머릿속에 새겨두고 있는데 그가 불쑥 내 앞으로 손을 내밀어 보였다.

"손톱 밑의 이 자국들… 대바늘로 찔렸던 고문의 흔적이지만 이제는 희미해지고 있습니다. 요시찰인이 되다 보니 무슨 일을 벌이기도 전에 잡혀 들어가서 조사를 받느라 예전만큼 오래 옥고를 치를 일이 없어서이기도 하지만, 조사 과정에서도 예전과 달리 겉으로 크게 드러날만큼 고문을 하지도 않더군요. 그 대신 이제는 서서히 표가 나지 않게 우리를 죽이고 있다는 생각이 듭니다. 뼈가 삭는 듯했던 고문의 고통도 시간이 흐르면 그 흔적과 더불어 기억까지 희미해지고… 그래서 더욱 두렵습니다. 어느새 현재 상황에 익숙해지며 나도 모르게 서서히 죽어가고 있는 것은 아닐까? 문필을 통한 대중운동도 감시와 검열 속에 힘들어지니 시사평론보다 시를 더 많이 쓰게 되는데, 이건 과연 괜찮은 일인지…"

"대중운동이 무엇인지 저는 정확히 모르지만, 선생님의 글이 대중의 마음을 움직이는 건 분명한 것 같아요. 사람의 마음을 끌어당기고 그 마음을 흔들어놓고 생각까지 바꾸어놓는 것… 대중의 한 사람인 저의 입장에서는 분명히 그랬습니다. 저는 특히 시를 통해서 더욱 그런 힘을 느꼈으니, 시가 지닌 고유의 세계만으로도 충분히 대중에게 영향을 미칠 수 있다고 생각합니다."

발음은 여전히 뭉개지는 듯했지만 나는 아랑곳않고 할말을 다했다. 그런 내 모습을 한동안 바라보던 그가 이윽고 물었다.

"시를 한 편 암송해도 되겠습니까?"

"물론이지요. 어떤 시를 들려 주시렵니까?"

"최근에 발표한 저의 「반묘」라는 시입니다."

"아, 「반묘」! 《인문평론》 이번 호에서 보았어요. 얼룩 고양이라는 뜻으로 읽었는데, 맞는지요?"

"표면적으로는 그렇습니다."

"그렇다면 이면의 뜻이 따로 있나요?"

"한번 들어보며 생각해 보십시오."

그는 맑고 또렷한 목소리를 노래처럼 들려오는 어조에 실어 「반묘」를 암송하기 시작했다.

어느 사막의 나라 유폐된 후궁의 넋이기에
몸과 마음도 아롱져 근심스러워라.

칠색七色 바다를 건너서 와도 그냥 눈동자에
고향의 황혼을 간직해 서럽지 않뇨.

사람의 품에 깃들면 등을 굽히는 짓새
산맥을 느낄사록 끝없이 게을너라.

그 적은 포효는 어느 조선祖先 때 유전이길래
마노瑪瑙의 노래야 한층 더 잔조우리라.

그보다 뜰 아래 흰 나비 나즉이 날아올 땐
한낮의 태양과 튜립 한 송이 지킴직하고[12]

　딱정벌레인 가뢰가 한약재로 쓰일 때도 반묘斑猫라는 이름
을 갖는다고 했다. 동의보감이나 방약합편에는 대독하니 취급
주의하라 쓰여 있고 서양에서는 칸타리딘이라는 독성이 있음
이 밝혀진 가뢰. 독성 있는 것들이 흔히 그러하듯 가뢰는 약으
로도 쓰이게 되어 그리스와 로마 사람들은 신장병 치료약으로
썼으며 한편으로는 자살약으로 사용했다는 기록도 있다고 그
는 말했다.
　그 이야기가 오래 마음에 남았다. 「반묘」를 암송하고 난 뒤,
다시는 찾아오지 않겠다고 그는 내게 거듭 말하며 떠났지만
나는 그 말보다 「반묘」의 또 다른 뜻에 관한 이야기가 더욱 마
음에 남았다. 그 이야기는 그의 시를 결코 허투루 읽을 수 없

---

12 이육사 시 「반묘斑猫」 전문 -《인문평론》(1940.3)

게 만들었고, 그가 시에 숨겨놓은 것들을 더욱 열심히 찾아 읽게 만들었다.

"자꾸만 무언가를 말하게 되어 두렵다 하셨지요? 그래서 도망친다 하셨지요? 저 또한 선생님을 뵈면 자꾸만 무언가를 꿈꾸고 기대하게 되어 두렵습니다. 하지만 그것이 두렵다 하여 그것을 피할 수 있던가요? 피한다 한들 완전히 잊혀질까요? 그것은 스스로도 어찌할 수 없는 '마음'이라는 것이 아닌가 싶습니다. 마음은 스스로 길을 내고 우리를 그 길로 인도하지요. 제가 아무리 어려운 상황이었어도 기생이 되기는 싫었던 마음의 이유를 저는 알지 못합니다. 그냥 싫었어요. 죽어도 그건 하기 싫었습니다. 무언가를 좋아하는 것도 마찬가지가 아닐까요? 그냥 마음이 그쪽으로 가는 것… 그 마음이 서로 충돌할 때는 더 크게 마음이 가는 곳으로 움직이는 것이 당연하다고 봅니다. 그래서 저는 선생님의 선택을 존중합니다."

그가 비틀거리며 골방을 나설 때, 나는 그렇게 말했다. 하지만 그는 아무런 대꾸도 하지 않았다. 나를 떠나는 것을 선택한 그는 서점 문을 나서면서 뒤돌아보지도 않았다.

혹시라도 그가 다시 서점의 문을 열고 들어오지 않을까 기대하며 보낸 시간은 길었다. 한 달, 두 달, 석 달… 그렇게 일 년이 지나고 또다시 한 달, 두 달, 석 달… 그 기나긴 시간은 그러나 그의 글이 있었기에 힘들지 않았다.

중일전쟁이 장기화되면서 일제의 억압과 약탈이 심해졌던 시기, 내선일체 정책이 본격화되어 창씨개명까지 강요되었던 시기였으므로 식민 치하의 사회를 냉철하게 분석하고 시국을 매섭게 비판했던 그의 산문도 점차 가벼운 수필로 바뀌고 있었다. 반면에 그의 시는 낭만적이고 향토적인 색채보다 저항의 의지가 더욱더 드러나기 시작했다.

나는 그 무렵에 그가 수필을 통해서 드러내는 생활의 일면들을 훔쳐보는 것이 좋았다. 어린 시절의 추억을 들여다볼 수 있는 글은 특히 좋았다.

한학을 가르쳐 주던 할아버지가 밤이 되면 별들의 이름을 가르쳐 주는 풍경, 한여름 정자 나무 밑에서 글솜씨를 겨루다가 낙동강에서 목욕을 한 뒤 말을 타고 달리는 풍경, 저녁을 먹은 뒤에는 고시를 크게 낭송하며 거리를 돌아다니는 풍경, 그리고 가을이 오면 등잔불 아래서 글을 외워 강講을 낙제치 않으려는 모습까지 세세히 그려져 있는.

그런데 이 강講이란 것도 벌써 경서를 읽는 처지면 중용이나 대학이면 단권본이므로 그다지 힘들지 않으나마 논어나 맹자나 시전서전詩傳書傳을 읽는 선비라면 어느 권에 무슨 장이 날는지 모르니까 전질全帙을 다 외우지 않으면 안되므로 여간 힘드는 일이 아니였다.

그래서 십여세 남짓 했을 때 이런 고역을 하느라고 장장추야長長秋夜에 책과 씨름을 하고 밤이 한시나 넘게 되어 영창을 열고 보면 하늘에는 무서리가 내리고 삼대성이 은하수를 막 건너설 때 먼데 닭 우는 소리가 어지러이 들리곤 했다. 이렇게 나의 소년시절의 정들인 그 은하수였건마는 오늘날 내 슬픔만이 헛되이 장성하는 동안에 나는 그만 그 사랑하는 나의 은하수를 잃어버렸다. 딴이야 내 잃어버린 게 어찌 은하수뿐이리요.[13]

그러나 그 모든 추억도 결국 그에게서 멀어져 갔으니 '영원한 내 마음의 녹야! 이것만은 어데로 찾을 수가 없는 것같고 누구에게도 말할 곳조차 없다' 고 한탄하는 장면으로 이어지는 글을 읽다가 나도 그가 그랬듯 잠 못 이루는 밤 홀로 밤하늘의 은하수를 쳐다보기도 했던 것이다.

그에게서 들었던 청년시절과 그의 글에서 보여지는 어린 시절이 전혀 다른 세계처럼 느껴질 때마다 나는 그가 수없이 넘어다녔을 '경계'를 생각해 보곤 하였다. 봉건과 근대, 전통과 신문화, 투사와 시인, 군인과 선비, 이성과 감성…

그는 분명 경계인이었지만, 이질적인 두 개의 세계로부터 영향을 받으면서도 그 어느 쪽에도 완전하게 속하지 않는 외

---

13 이육사 수필 「은하수」 중에서 – 《농업조선》(1940.10)

로운 주변인의 이미지는 아니었다. 오히려 두 세계를 소통하는 일을 하는 사람으로서의 경계인이라는 의미가 더욱 강하게 느껴졌다. 이쪽과 저쪽의 경계를 무시로 오가면서 경계 그 자체를 무심히 지워버리는…

살아가면서 누구나 경험하는 크고 작은 경계들은 오히려 그에게 아무런 문제가 아닌 듯했다. 자유와 책임, 의무와 권리, 사랑과 의리, 죽음과 삶… 어쩌면 그 순간 인간으로서의 주체적 삶이 결정되어지는 경계에서 그의 발걸음이 어떤 쪽으로 향할지는 이제 너무도 확연하게 보였다.

그는 오로지 자신만의 타협할 수 없는 경계에서 외줄타기를 하는 사람이었다. 때로는 경계 위에 서 있는 듯했고 때로는 수많은 경계를 넘나들다 스스로 하나의 경계가 되어버린 듯도 했다. 혹은, 경계인이 닿을 수 있는 아름답고 서글픈 곳의 풍경 속으로 훌쩍 떠나버린 것도 같았다.

「청란몽」이라는 수필을 통해 그려 놓은 꿈의 장면은 그러므로 내게는 그런 아름답고 서글픈 풍경으로 다가왔다. 그 수필 속 상상의 표류기 안에서 그는 '멀리서 온 에트랑제'였고 마치 어느 나라의 왕궁인 듯 호화스러운 빈 집의 서재에 서 있었다.

가벼운 바람과 함께 앞 창이 슬쩍 열리고는 공주보다 교만해 보이는 젊은 여자 손에는 새파란 줄기에 양호필羊毫筆같이 하얀 봉오리가 달린 난화蘭花를 한 다발 안고 와서는 뒤를 돌아보며 시비侍婢를 물리치곤 내 책상 위에 은으로 만든 화병에다 한 대를 골라 꽂아 두곤 말을 할 듯하다가는 그만 부끄러운 듯이 아무런 말도 하지 못하고 조심조심 물러가고 만 것이었다.

달빛이 창백하게 흐르면 유리창을 넘어서 내 방 안을 채워 주었다. 병든 마음이었고 피곤한 몸이었다. 십 년이나 되는 긴 세월을 나는 모든 것을 나 혼자 병들어 본다. 병도 나에게는 한 개의 향락일 수 있기 때문이었다. 아무튼 없는 무덤 같은 방 안에서 혼자서 꿈을 꿀 수가 있지 않은가. 잠이 깨면 또 달이 밝지 않은가. 그 꿈만은 아니었다. 그 여자가 화병에 꽂아 주고 간 난꽃이 그냥 남아 있는 것이 아닌가.

그 복욱馥郁하고 청렬한 향기가 몇천만 개의 단어보다도 더 힘차게 더 따사롭게 내 영혼에 속삭이는 말 아닌 말이 보다 더 큰, 더 행복된 위안이 어디 있으므로 이것을 꿈이라 헛되다고 누가 말하리요. 진정 헛된 꿈이라고 말하면 꿈 그대로 살아보는 것도 또한 쾌快하지 않은가.[14]

어찌 보면 단순히 이성을 그리는 글처럼 읽히기도 하겠지만 나는 충분히 알 수 있었다. 그가 꿈꾸는 세상, 내가 범접할 수 없는 세계, 그곳이 손에 잡히지 않는다 해도 결코 포기

---

14 이육사 수필 「청란몽」 중에서 - 《문장》(1940.9)

하지 않을 것이며 또한 결코 헛되다 말하지 않겠다는 의지로 이 글을 썼음을. 그래서 나도 화병에 난꽃을 한 대 꽂아보며 그의 마음을 그려보기도 했던 것이다. 진정 헛된 꿈이라면 꿈 그대로 살아보겠다는 마음. 그것은 서글픈 마음이지만 꿈조차 없는 인생에 비하면 정녕 아름다운 풍경을 불러올 터이니… 그의 꿈과 나의 꿈은 다르겠지만 기꺼이 꿈을 믿고 받아들이는 것은 같은 마음이라 생각했다.

「청란몽」의 꿈에서 깨고 난 뒤 그에게 난꽃이 남아 있었듯이 나의 골방에도 그가 그려주고 간 묵란도가 남아 있었다. 나는 그가 새로 발표하는 글들을 그의 편지처럼 펼쳐 읽다가 그가 패물처럼 남기고 간 묵란도를 바라보곤 했다. 난초가 사군자의 하나라는 것을 새삼 떠올리며 군자의 마음을 헤아려 보기도 했다.

그래서, 묵란도를 그렸던 그날 밤 그가 들려준 이야기 중 비취 도장에 관한 사연이 「연인기戀印記」라는 아름다운 제목의 수필로 발표되자 나는 반색하며 글을 읽었던 것이다. 그가 도장을 사랑하는 이유를 말하기 위해 도장의 종류와 역사를 함께 이야기하고 수결과 장서표를 거쳐 서양의 사인과 유럽 시인들의 데생까지 비교하다가 상아, 옥, 비취 등 도장 재료가 되는 인재에 대해서 말할 때에는 문득 어린 시절의 추억을 들려주기도 하는 글이었다.

우리가 시골 살던 때 우리집 사랑 문갑 속에는 항상 몇 봉의 인재가 들어 있었다. 그래서 나와 나의 아우 수산水山군과 여천黎泉군은 그것을 제각기 제 호號를 새겨서 제것을 만들 욕심을 가지고 한바탕씩 법석을 치면 할아버지께서는 웃으시며 "장래에 어느 놈이나 글 잘하고 서화 잘하는 놈에게 준다"고 하셔서 놀고 싶은 마음은 불현듯 하면서도 뻔히 아는 글을 한 번 더 읽고 글씨도 써보곤 했으나, 나와 여천은 글씨를 쓰면 수산을 당치 못했고 인재印材는 장래에 수산에게 돌아갈 것이 뻔한 일이었다. 그래서 나는 글씨 쓰길 단념하고 화가가 되려고 장방에 있는 당화唐畵를 모조리 내놓고 실로 열심으로 그림을 배워 본 일도 있었다. 그러나 세월은 12세의 소년으로 하여금 그 인재에 대한 연연한 마음을 팽개치게 하였으니 내가 배우던 중용·대학은 물리니 화학이니 하는 것으로 바뀌고 하는 동안 그야말로 살풍경의 10년이 지나갔다.[15]

그리고 봄비 잘 오기로 유명한 남경의 여관살이에서 고책사, 골동점, 비취 인장, 최후의 만찬으로 이어지는 이야기는 내가 그날 밤 그에게서 이미 들었던바, 나는 그의 목소리를 다시 듣는 듯 「연인기」를 읽어가며 애틋함에 빠져들었다.

나에게 자꾸만 무언가를 말하게 되어 두렵다고 했던 그는 이제 세상을 향해 자신에 대한 이야기를 하고 있었다. 다만,

---

15 이육사 수필 「연인기戀印記」 중에서 -《조광》(1941.1)

남경의 여관살이가 군관학교 졸업 후에 귀국 명령을 기다리던 때라는 것은 밝히지 않았고 최후의 만찬을 했던 동지들도 그저 그곳의 몇몇 문우들과 특별히 친한 관계에 있는 몇 사람이라고만 표현하여 자신이 도모하는 일의 배경은 숨기고 있었다.

하지만 나는 그가 비취인을 윤세주에게 선물했다는 얘기도 들었으므로 '나는 상해에서 S에게 주고 온 비취인을 S가 생각날 때마다 생각해 보는 것이다. 지금 S가 어디 있는지 십 년이 가깝도록 소식조차 없건마는, 그래도 S는 그 나의 귀여운 인을 제 몸에 간직하고 천대산 한 모퉁이를 돌아 많은 사람들 틈에 끼어서 강으로 강으로 흘러가고만 있는 것같이 생각된다.'는 구절에서 그가 지금 어떤 상황에 처해 있는지까지도 짐작할 수 있었다.

훗날 알게 되었지만, 신흥무관학교 출신으로 의열단의 핵심 인물이었던 윤세주는 군관학교 졸업 후 해외의 독립운동 단체들을 규합하는 일을 하다가 조선의용대 창설을 주도하였고 그 무렵에는 중경에서 장강을 따라 북상하고 있었다. 결국 그는 윤세주를 비롯한 동지들의 활동을 감지하고 있었으며 그 활동에 뛰어들고 싶어했던 것 같다.

아무튼 그때로서는 알 수 없었던 S의 행적은 그의 상상 속에서 중경에 있는 천대산 모퉁이를 돌아 많은 사람들 틈에 끼어서 강으로 강으로 흘러가고 있는 아련한 모습으로만 내게 다가왔을 뿐이다. 6개월 먼저 발표되었던 「교목」이라는 시의 말미에 붙은 'SS에게'라는 헌사도 윤세주에게 바쳐진 것이라는 생각도 문득 들면서.

> 푸른 하늘에 닿을 듯이
> 세월에 불타고 우뚝 남아 서서
> 차라리 봄도 꽃피진 말아라.
>
> 낡은 거미집 휘두르고
> 끝없는 꿈길에 혼자 설내이는
> 마음은 아예 뉘우침 아니라
>
> 검은 그림자 쓸쓸하면
> 마침내 호수 속 깊이 거꾸러져
> 참아 바람도 흔들진 못해라.[16]

……SS에게……

윤세주의 호가 석정이었으므로 「교목」은 그의 잊을 수 없는

---

16 이육사 시 「교목喬木」 전문 - 《인문평론》(1940.7)

동지에게 바쳐진 시가 분명하다. 동지들의 세계로 다시 가고 싶어하는 그의 의지를 담은 시인 것 또한 분명하다.

문필 활동의 한계에 직면한 그가 다시금 되새겨본 군관학교 시절, 그 어떤 상황에서도 결코 꺾이지 않겠다는 의지를 다져보는 마음, 그리고 어떠한 경우든 불의와는 타협하지 않는 선비 정신이 「교목」에는 아로새겨져 있다.

그토록 굳건한 그의 세계를 확인하고 또 확인하면서 나는 그의 시를 읽고 산문을 읽어나갔다. 그가 선택한 길을 받아들이고 또 받아들였다. 새롭게 발표되는 작품 한 편 한 편을 소중하게 받아들고 읽어 나가면서, 그가 계속 글을 쓰고 발표하는 것에 무엇보다도 감사하면서…

그래서, 결혼하며 발길이 뜸해졌던 친구가 오랜만에 찾아온 그날도 나는 그의 글을 읽고 있었다.

그를 못 본 채 맞이하는 두 번째 가을. 「산사기」라는 제목의 수필을 읽고 있을 때였다.

…나라는 사람의 서울에 대한 감정이란 또한 남달리 델리케이트한 것이 있어, 그다지 수월한 것이 아니란 것은 마치 명가집 자식이 성격에 못 맞는 결혼을 하고 별거를 하다가, 부득이한 사정이라도 있어 때때로 본가로 돌아오지 않으면 안 될 그때의 심경과 방불한 것이다.

그래서 될 수만 있으면 술집에라도 들어서 얼근하게 한잔하고 오듯이, 나 역시 서울이 가까워지면 슬쩍 옆길로 들어서서 한참 동안이라도 딴청을 떠보는 것인데, 금번 이 산사를 찾아온 것도 그 본의가 명산 대천에 불공을 드리고 타관 객지에서 괄시를 받지 않으련 게 아니라, 한잔 들고 흥청거려 보자는 수작이었는데, 웬걸 와서 보니 동천洞天에 들어서면서부터 낙락장송이 우거진 사이, '오줌' 냄새가 물씬 나는 산협을 물소리 들으며 찾아 들면, 천년 고찰古刹의 태고연한 가람이 즐비하고, 북소리 둥둥 나면, 가사 입은 늙은 중들은 읍하고 인사하는 풍습도 오랫동안 못 보던 거라, 새롭고 정중한 것이었다.[17]

여행지가 마음에 들지 않아 돌아오다가 옆길로 빠지는 심경의 묘사가 절묘해서 나는 모처럼 찾아온 친구가 근황을 전하는 것도 흘려 듣고 있었다. 그가 머물고 있다는 산사가 어디인지 무척 궁금해지기도 했다. 그러다가 문득,

"혹시, 이육사 선생이 최근에도 찾아온 적 있어?"

친구의 질문에 나는 비로소 현실로 돌아왔다.

"아니, 이 년째 얼굴도 못 보는 중이야. 왜? 무슨 소식이라도 들었어?"

"폐병으로 입원했다더라. 친구가 폐병에 걸렸는데 불안해할

---

17) 이육사 수필 「산사기山寺記」 중에서 -《조광》(1941.8)

까 봐 더 가까이 지내다가 본인도 입원하게 됐대."

"요즘 외출도 잘 못한다면서 그 소식은 어찌 들었어?"

"아, 우리 큰오빠가 동대문경찰서 고등계에 들어갔다고 얘기 안 했었나? 요시찰 인물에 대한 감시를 맡게 되면서 육사에 대해 알게 됐다는데, 그 집도 참 사연이 기구하더라. 육사가 서대문형무소에 들어가게 된 게 처남 때문이었다고 하더라고. 중국에서 무슨 군관학교를 같이 나왔는데 처남이 자수하면서 그 학교 출신들이 줄줄이 잡혀들어 갔나 봐. 그 때문에 처가에 발길을 끊고 아내와도 사이가 멀어졌는데 그래도 아내는 꿋꿋이 시부모 모시며 집을 지켰대. 무슨 일이 터지면 담당 형사가 집으로 찾아가서 아내의 따귀를 때리며 추궁해도 '소박데기여서 나는 모른다'고 하다가 막상 육사가 체포되니 죽을 끓여 면회를 오길래 '소박데기가 왜 왔냐'며 또 따귀를 때리면 '비록 소박은 맞았어도 남편이 위급할 때 도리를 다하는 것이 동방예의지국의 아내된 도리'라고 맞서기도 했다는 거야."

그에게서는 듣지 못했던 가족의 이야기가 무슨 전설처럼 내 귀에 들려왔다. 그가 아내나 자식에 대한 이야기를 하지 않던 것에는 그런 사정이 있었구나…

"그래서 그 담당 형사가 유독 육사의 가정사에 관심이 많아서 우리 오빠한테 얘기를 많이 해주고 있어. 올봄에 딸을 낳았다길래 이제 냉담한 사이가 좋아졌나 싶었다는데, 곧 이어 부친상에 입원에 우환이 계속되고 있어서 안타깝기도 하더라네. 십 년 전에 첫아들을 잃고 오랜만에 귀한 딸을 얻었다고 그렇게 기뻐했다는데…"

그러니까 그에게는 여태 아이가 없었던 것이다. 일부러 말하지 않은 것이 아니라 아내와의 냉담한 사이 때문에… 하지만 이제 득녀를 했다니 그들은 다시 행복해지겠지.

"암튼 우리 오빠가 나한테까지 문인들로부터 들은 얘기를 들려달라고 할 정도니 육사가 엄청난 감시 대상이긴 한가 봐. 근데 나야 뭐 아는 게 있나? 이원조라면 몰라도… 근데 그분도 요즘 기자 일도 안 하고 평론도 안 쓰거든. 신문사가 없어지고 잡지사들도 문을 닫는 판국이니… 그 대쪽 같은 양반이 창씨개명하고 일본어로 글을 쓸 리도 없잖아."

그러고 보니 지난 봄에 《문장》이 4월호로 폐간될 때 3편의 시를 한꺼번에 발표한 이후로 그의 신작시가 보이지 않았다. 중국문학에 관한 평론과 중국소설 번역, 그리고 수필 2편뿐이었다. 한글로 작품을 발표할 지면이 점차 사라지고 있는 상황에서 그의 글마저 볼 수 없게 된다면 어찌할지…

그 불길한 예감처럼 가을 내내 그의 새로운 작품은 발표되지 않았다. 단지 지면 문제뿐만 아니라 건강 문제도 겹친 게 아닌가 싶어서 나는 안절부절 예전에 발표된 글들만 거듭 반복해서 읽었다. 그러다 겨울이 되고 그해의 마지막 달이 시작될 때 선물처럼 그의 새로운 시가 발표되었다.

항상 앓는 나의 숨결이 오늘은
해월海月처럼 게을러 은빛 물결에 뜨나니

파초 너의 푸른 옷깃을 들어
이닷 타는 입술을 추겨 주렴

그 옛쩍 사라센의 마즈막 날엔
기약없이 흩어진 두 날 넋이었어라

젊은 여인들의 잡아 못논 소매 끝엔
고은 소금조차 아직 꿈을 짜는데

먼 성좌와 새로운 꽃들을 볼 때마다
잊었던 계절을 몇번 눈 우에 그렸느뇨

차라리 천년 뒤 이 가을밤 나와 함께
비ㅅ소리는 얼마나 긴가 재어 보자

그리고 새벽 하늘 어데 무지개 서면

비밀의 남자

무지개 밟고 다시 끝없이 헤여지세[18]

나는 그를 보듯 시를 보았다. 내 골방의 가을밤과 빗소리와
새벽 하늘이 단숨에 떠올랐다. 그가 내게 말했던 사막과 사라
센이라는 단어가 귓가에 자꾸만 맴돌았다. 하지만 그가 그리
워하는 건 내가 아니라 동지들이며 그가 기다리는 건 강철 무
지개일 터.

돌이켜보면 그 시 「파초」는 그가 지면을 통해 발표한 마지막
시였다. 다음 달에 「계절의 표정」이라는 수필을 발표하고 또
한 편의 수필을 발표한 뒤 그는 붓을 꺾었다.

「계절의 표정」에서 그는 한여름내 모든 것이 귀찮고 싫었으
며 가을이 되자 으레 떠나던 여행도 가지 않고 가을에 관한 시
들만 보았다고 썼다. 그 구절을 읽는 동안 나는 어느새 그와
함께 가을 시의 여행을 떠나는 것 같았다.

폴 베를렌의 「가을의 노래」를 비롯하여 르미이 드 구르몽의 「낙
엽시」와 「가을의 노래」는 너무도 유명한 것이지마는, 이 불란서의
시단을 잠깐 떠나서 도버 해협을 건너면 존 키이츠의 「가을에 붙이
는 시」도 좋거니와, 윌리엄 버틀러 예이츠의 「낙엽시」도 읽으면 어
딘가 전설의 도취와 청춘의 범람과 영원에의 사모에서 출발한 이

---

18 이육사 시 「파초」 전문 - 《춘추》(1941.12)

시인의 심각해 가는 심경을 볼 수 있어 좋으려니와, 다시 대륙으로 건너오면 레나우의 「추사」, 「만추」는 읊으면 읊을수록 너무나 암담하고 비창해서 눈이 감겨지는 것이나, 다시 리리엔 크론의 「가을」 같은 것은 인상적이고 눈부신 즉흥을 느낄 수 있는 가을이언마는 철인 니체의 「가을」은 그 애매愛妹의 능변으로도 수정할 수 없을 만큼 가슴을 찢어 놓는 「가을」이다.

　여기서 다시 북구北歐로 눈을 돌리면 이곳은 지리적인 까닭일까, 가을이 원체 짧은 까닭일까. 가을을 읊은 시가 다른 지역보다 매우 적은 것만은 틀림이 없다. 그러나 러시아의 몇 날 안 되는 전원의 가을을 읊은 세르게이 에세닌의 「나는 아끼지 않는다」라든지, 「잎 떨어진 단풍」과 「겨울의 예감」 등등은 농민들의 시인으로서 그가 얼마나 망해 가는 농촌의 구각舊殼을 애상해 한 데 천부의 재질을 경주했는가 엿볼 수 있어 거듭거듭 외워 보거니와 여기서 나의 가을 시 순례는 마침내 아시아로 돌아오고 마는 것이다.[19]

하지만 이어진 한시 번역 이후로 나는 가을의 낭만을 더이상 이어갈 수가 없었으니 '홀연히 사지가 뒤틀리는 듯하고 오슬오슬 추우면서 입술이 메마르곤 하였다. 목 안이 갈하고 눈치가 틀리기도 하였지마는 그냥 쓰러진 채 어떻게 되었는지도 모른다. 그 다음날 아침에 자리에 일어났을 때는 머리

---

19 이육사 수필 「계절의 표정」 중에서 –《조광》(1942.1)

가 무거운 것이 지난밤 일이 마치 몇천 년 전에도 꿈속에서나 지난 듯 기억에 어렴풋할 뿐이었다. 그때야 비로소 나는 병이란 것을 깨달았다.'고 글이 계속되었기 때문이다.

그 병이 얼마나 깊은지를 설명하며 이어지는 글을 읽으면서 나는 걱정에 걱정을 거듭했다. 아무래도 그는 몸과 마음이 점점 더 지쳐가고 있는 것 같았다. 나 또한 그를 걱정하며 점점 더 지쳐갔다.

그렇게 겨울을 보내고 또 봄을 보낸 뒤 한여름이 깊어가던 어느날, 도무지 발표되지 않는 그의 글을 기다리는 일에도 지쳐가던 어느날, 친구가 찾아와 그의 소식을 전했다. 나도 모르게 벌떡 일어나 경주로 달려가게 만든 소식이었다.

"오늘 친정 다녀오는 길에 모처럼 명치정〔명동〕에 들렀거든. 요즘은 예전의 분위기가 아니라고 얘기는 들었지만, 정말 다방에 드나들던 문인들이 도통 보이질 않는 거야. 그냥 돌아갈까 하는데 마침 신석초 시인이 들어서더라. 알지? 육사랑 친한 거… 근데 정말 동행이랑 육사 얘기를 하는 거야! 경주 옥룡암이라는 곳에서 육사가 요양중인데 삼개월이나 있을 것이니 피서라도 하려면 그곳으로 오라고 했다면서, 그런데 웬만하면 영영 산 밖을 나지 않고 중이 될지도 모른다는 말까지 했다는 거였어."

나를 떠밀어 거기까지 닿게 했던 힘의 정체를 나는 지금도 모르겠다. 더 이상 혼자 지쳐가기 싫어서, 더 이상 후회하고 싶지 않아서, 나는 경주읍에서 하룻밤을 묵고 이른 아침에 옥룡암으로 찾아갔다.

그 암자의 작은 방 한칸에서 그는 옥고를 거푸 치르며 훼손된 건강을 조용히 치료하고 있었다. 뜻밖에도 그는 전혀 놀라지 않고 나를 맞이했다. 2년 만에 보는 그의 모습은 안쓰러울 만큼 많이 야위어 있었다.

"부끄러운 모습을 보이게 됐군요. 이런 꼴로 대체 뭘 할 수 있을지…"

"이미 많은 일을 하셨습니다."

"아니오. 아직 너무 많은 일이 남아 있어요. 인정하기 싫지만, 그들이 나의 건강을 좀먹었나 봅니다. 이러면 지는 건데…"

그를 위로해 주기 위해 거기까지 갔는데 막상 너무나도 약해진 그의 모습을 보니 그 어떤 위로의 말도 떠오르지 않았다. 나는 실없이 그의 얼굴을 가리키며 말했다. 안경이 없었기 때문이었다.

"역시 시력이 나쁘지는 않은 모양이군요. 여기서는 변장을 할 필요가 없어서인가요?"

"시력이 좋은 건 사실인데, 안경은 변장이 아니라 멋으로 써왔던 거요. 여기서야 딱히 멋 부릴 일이 없으니…"

말하며 그가 웃었다. 나도 그를 향해 웃으며 말했다.

"따님을 얻으셨다 들었어요. 축하드립니다."

문득 웃음을 거두며 그가 물었다.

"처와 오랫동안 소원했다는 사연도 혹시 들었습니까?"

나는 말없이 고개를 끄덕였다.

"모른다, 그 한 마디면 될 것을… 나는 사실 아직도 처남을 이해하지 못합니다. 아무리 천성이 여린 사람이라 해도 그로 인해 얼마나 많은 동지들이 고초를 겪고 또 뜻을 펼치지 못했는지… 비겁한 핏줄과는 함께 살 수 없으니 딸을 데려가라고 장인에게 편지까지 보냈지요. 집에 들렀을 때에도 양친께 문안 인사 드린 뒤 식사만 하고 밖에서 잠을 잘 만큼 오랫동안 처를 냉대했습니다."

"하지만 부인께서는 죄가 없지 않습니까?"

"그렇지요. 하지만 마음의 용서가 안 되더군요. 언제나 그 '마음'이 문제가 아니겠습니까? 처도 그런 상황이 수치스러워 여러 번 목숨을 끊으려 했다는데 그때마다 어머니께서 살려내셨다고 합니다. 결국 어머니의 자애로움 덕분에 마음을 풀게 된 셈입니다. 퇴계 선생은 정신이 온전치 못한 부인을 한결같이 받아들이고 감쌌다고 어머니께서 늘 말씀하셨습니다. 아내와 사이가 좋지 않아 얼굴도 마주치지 않는다는 제자에게 퇴계가 쓴 편지를 읽어 주시기도 했지요. 천지가 있는 후에 만물이 있고, 만물이 있은 후에 부부가 있고, 부부가 있은 후에 군신이 있고, 군신이 있은 후에 예의가 있다, 거듭 깊이 생각하여 고치려 애써라, 끝내 고치는 바가 없으면 학문을 해서 무엇을 할 것이며 무엇을 실천한단 말인가."

밤잠을 설친 탓인지 졸음이 몰려왔다. 애써 졸음을 참다 보니 그들의 옛이야기가 또다시 전설처럼 들려왔다.

"십육 세에 부친의 엄명으로 혼인을 했습니다. 전통적인 분위기에서 수수하게 자란 처녀였기에 새로운 세계에 대한 욕구로 충만했던 내게 선뜻 내키지 않았던 것도 사실입니다. 하지만 가풍이든 관습이든 내가 반드시 따라야만 했던 그 무엇을 따라서 당연한 듯 혼인을 했고, 영천에서 처가가 관여하던 백학학원을 다니고 이어서 교원으로 학생들을 가르치기도 하였지요. 곧 일본으로 중국으로 떠돌기 시작하면서 그때부터 옥살이가 반복되는 동안 삯바느질까지 해가며 생활을 책임지면서 부모님을 모셨던 사람이니 사실 그렇게 냉대하면 안 되는 것이었지요."

그리고 전설 같은 이야기 속에 전설같이 떠오르는 시 한 편.

'너는 돌다리ㅅ목에서 쥐 왔다'던

할머니 핀잔이 참이라고 하자

나는 진정 강언덕 그 마을에
버려진 문반이었는지 몰라

그러기에 열여덟 새봄은
버들피리 곡조에 불어 보내고

첫사랑이 흘러간 항구의 밤
눈물 섞어 마신 술 피보다 달더라 [20]

"말하자면, 구도덕의 희생자였군요. 두 분 다…"

나는 웅얼거리듯 말했다. 마시지도 않은 술 기운이 온몸을 휘감는 듯했다.

"굳이 그렇게 말한다면 그럴 수도 있겠지만… 근대적 의미의 연애나 사랑과는 다른 차원에서의 감정이 생겨날 때 희생이라는 말은 어울리지 않는 것 같습니다. 서로가 인간적인 도리를 다할 때의 믿음, 고마움, 지조, 의리… 동지애를 닮은 그 감정들은 어쩌면 남녀 간의 애정을 넘어선다고 생각하니까요."

"남녀 간의 애정을 알고는 계십니까? 경험은 하셨습니까? 항

---

20 이육사 시 「연보年譜」 중에서 – 《시학》(1939.3)

구에 흘려보낸 첫사랑은 그저 선생님의 시를 장식하는 수사에 불과한 것입니까?"

"그건 비밀입니다."

말하며 그가 웃었다. 나는 웃지 않으며 물었다. 그렇다면, 제2부인은 어떠하냐고. 나는 어떤 형태로든 당신 곁에 있고 싶다고. 술에 취하지 않았는데도 그리 말했다. 그의 얼굴에서 일순 웃음기가 사라졌다.

"아무리 그게 유행이라고 해도 첩이라는 천박한 이름을 미화시킨 것에 불과하지 않습니까? 그걸 가부장제의 통제를 벗어난 주체적인 이름으로 오해하지 마세요. 나는 그대를 법률적으로도 도덕적으로도 첩에 불과한 제이부인으로 만들고 싶지 않아요."

"내 걱정은 접어 두고, 선생님의 두려움도 지워버린다면, 대체 어떤 마음이 남을까요? 주변의 상황들과 상관없는 오직 선생님의 '마음'이 궁금하다는 얘기입니다."

"그것 또한… 비밀입니다."

"그렇군요. 어떤 형태로든 로맨스는 불가한 것이군요."

"부모를 바꿀 수 없듯이, 나라를 바꿀 수 없습니다. 아내 또한 마찬가지라고 생각합니다."

"네, 그렇군요. 결국은 다음 생을 기약하는 수밖에 없다는 얘기군요."

"그래요. 다음 생에는 부디 아프사라스로 태어나 주시길…"

"아프사라스?"

"물의 요정입니다. 인도 신화에 천상계의 무희로 등장하지요. 관능적인 아름다움이 너무도 매혹적이어서 수행자들이 그 유혹에 넘어가 타락했다고 합니다."

"다음 생에 또 유혹받으시려고요?"

"나는 간다르바로 태어날 것이니 유혹받지 않을 겁니다. 그는 아프사라스의 애인이니까."

"간다르바는 또 무엇인지요?"

"별자리를 관장하는 고대 인도의 신입니다. 천상계의 악사로서 음악을 연주하는…"

"서양의 뮤즈와 비슷한가 봐요. 그런데 선생님은 이미 천상의 음악처럼 시를 쓰고 계시잖아요."

"아니, 나는 지금 그저 박쥐일 뿐이오. 날지도 못하는 박쥐."

아득한 동굴, 고독한 유령, 다 썩은 들보, 어둠의 왕자, 무너진 성채, 보헤미안의 넋… 가엾은 박쥐의 이미지들을 열거하면서 그는 허탈하게 웃었다. 그러다 문득,

"석굴암에 함께 가볼까요?"

하고 물었다. 나는 순간 꿈에서 깬 듯, 내가 지금 경주에 있다는 사실을 깨달았다.

"석굴암의 전실 벽에 사자관을 쓴 간다르바가 새겨져 있습

니다. 한자로는 '건달바'라고 쓰지요. 다음 생에는 꼭 그렇게 태어나서 노래하며 살고 싶어요. 춤추는 아프사라스 옆에서 건달처럼…"

내가 그의 시에서 독립의지보다 먼저 엿보았던 감성을 다시 만난 느낌이었다. 그는 투사 이전에 시인이었다. 투쟁이 끝난 이후엔 예술가로 살아가기를 꿈꾸는…

"저는 동해에 가고 싶어요. 산보다 바다를 보고 싶네요."

한숨을 쉬듯 내가 말하자 그는 반색을 했다.

"석굴암 본존불 앞에서 멀리 산 너머 바다가 보여요. 오늘은 날씨가 좋아 더욱 선명하게 보일 겁니다. 문무대왕릉이 있는 감포 바다…"

그때, 누군가 그의 이름을 부르는 소리가 들렸다. 우리를 현실로 돌아오게 만든 그 목소리는 뜻밖의 소식을 그에게 전해 주었다. 형의 부음이었다.

차듸찬 아침이슬
진주가 빛나는 못가
연꽃 하나 다복히 피고

소년아 네가 낳다니
맑은 넋에 깃드려

박꽃처럼 사랐세라

큰강 목놓아 흘러
여울은 흰 돌쪽마다
소리 석양을 새기고

너는 준마 달리며
죽도竹刀 쳐 곧은 기운을
목숨같이 사랑했거늘

거리를 쫓아 단여도
분수噴水 있는 풍경 속에
동상답게 서 봐도 좋다

서풍 뺨을 스치고
하늘 한가 구름 뜨는 곳
희고 푸른 지음을 노래하며

그래 가락은 흔들리고
별들 춥다 얼어붙고

너조차 미친들 어떠랴[21]

그래서 우리는 함께 기차를 탔다. 석굴암보다 동해보다 먼 서울을 향해서 갔다. 나란히 앉아 차창 밖을 보며 길고 긴 이야기를 나누면서…

"지금은 안동읍에 속하게 되었지만 내 어릴적 고향의 이름은 예안이었습니다. 예안이든 안동이든 편안한 곳이라는 뜻을 품고 있지요. 활대처럼 굽어진 산기슭에 백여 호의 집들이 있고 그 앞으로는 활줄처럼 낙동강이 흘러가니 늦은 봄철부터 우리는 강에서 살았어요. 아침 밥만 뜨고 나면 달려갔던 느티나무 방죽의 거대한 당나무, 붉은 바위 앞의 깊이 모를 소… 그 풍경 속에 언제나 함께 있던 형님이 떠나셨다니 고향이 사라져버린 것 같습니다. 동생들과 함께 할아버지의 꿀단지를 꺼내려고 소란을 피울 때에도 넉넉한 미소로 품어주시던 아버지를 작년에 떠나보내며 너무도 상심했었는데… 두 달 전에는 어머니마저 세상을 떠나 심신이 지친 터에 이제 형님의 부음까지 받았으니…"

모친상까지 당한 것은 몰랐던 터라 나는 무어라 위로의 말도 할 수가 없었다. 그가 왜 그토록 야윈 모습으로 변해 버렸는지, 그의 얼굴을 항상 비추던 빛이 사라져 버린 듯한 느낌이

---

21 이육사 시 「소년에게」 전문 - 《시학》(1940.1)

었는지, 비로소 알 것 같았다.

"눈물을 흘리지 않는 사람이 되라고 배워 온 것이 세 살 때부터 버릇이었습니다. 내 죽거든 울지 마라, 나라 잃은 백성은 부모 죽음에 눈물 흘릴 자격이 없다, 고 어머니는 항상 말씀하셨지요. 대구 조선은행 폭탄사건 때 형님과 저와 아우 둘까지 수감되었지만 어머니는 우리 형제들을 응원하며 고문으로 피걸레가 된 옷들을 받아내었습니다. 그러니 우리들은 서로 죄를 도맡겠다고 '나를 고문하라'고 일경에게 대들 수밖에요. 불에 달군 쇠꼬챙이, 손가락 사이를 훑어내리는 대꼬챙이, 거꾸로 매달린 콧속으로 들어오던 맵고 뜨거운 물…. 우리들은 그 모든 것을 함께 했습니다. 어릴 적부터 형제들이 뭐든 함께 하기를 원하셨던 어머니의 말씀을 따라서…"

감히 짐작조차 할 수 없는 이야기들이었다. 흔히 볼 수 없는 어머니의 모습에 흔히 볼 수 없는 형제들의 우애가 빚어내는 처절한 풍경은 잇따른 어머니의 죽음과 맏형의 죽음으로 인해 더욱 비장하게 다가왔다.

"어머니는 며느리들에게 스승이기도 했어요. 한글 공부를 위한 글이나 편지 쓰는 법 등을 직접 써서 책으로 묶어 며느리들에게 나눠 주고 가르치셨지요. 그런데 막내가 급사하고 난 뒤 며느리들에게 사과를 하신 적이 있습니다. '셋째 며느리가 갑자기 죽었을 때에는 마음이 산란해서 일 년 동안 바늘귀도

뀔 수 없고 글도 쓸 수가 없었는데 막내아들이 죽고 나니 일 년 하고도 팔 개월이 지난 지금까지도 마음이 이렇구나. 내가 언제나 너희들을 내 딸과 같다고 말해 왔었는데 언행일치가 되지 않은 것 같다'고 하시면서… 막내아우를 잃은 슬픔에 빠져 있던 나는 어머니의 그 냉정한 자기 반성에 옷깃을 여밀 수밖에 없었습니다."

"막내동생을 일찍 잃으신 모양이군요."

"그림에 소질이 있어 십구 세에 국전에 입선했는데 축하 잔치를 하던 중에 심장마비로 가고 말았어요. 이제 막 재능을 꽃피우던 어린 나이에 그리 갑자기 떠나니 슬픔이 말할 수 없었습니다. 하지만 십대에 떠나든, 사십대에 떠나든, 육십대에 떠나든, 이 생을 떠나고 내 곁을 떠나는 슬픔은 크게 다르지 않음을 이제야 알겠습니다."

기차는 천천히 밤을 달렸고 우리는 오래도록 죽음을 이야기했다. 떠나간 이들에 대한 추억과 허무와 안타까움이 교차하는 무거운 시간 속에서 간혹 침묵이 이어질 때면 나홀로 문득 바다를 떠올리기도 하면서.

동방洞房을 찾아드는 신부新婦의 발자취같이
조심스리 걸어오는 고이한 소리!
해조海潮의 소리는 네모진 내 들창을 열다.

이 밤에 나를 부르는 이 없으련만?

남생이 등같이 외로운 이 서-ㅁ 밤을
싸고 오는 소리! 고이한 침략자여!
내 보고寶庫를, 문을 흔드는 건 그 누군고?
영주領主인 나의 한 마디 허락도 없이.

코카서스 평원을 달리는 말굽 소리보다
한층 요란한 소리! 고이한 약탈자여!
내 정열밖에 너들에 뺏길 게 무엇이료.
가난한 귀향살이 손님은 파려하다.

올 때는 왜 그리 호기롭게 몰려 와서
너들의 숨결이 밀수자같이 헐데느냐
오- 그것은 나에게 호소하는 말 못할 울분인가?
내 고성古城엔 밤이 무겁게 깊어가는데.[22]

　다시 돌아와 그의 글을 읽는 동안 나는 예전과 다르게 다가
오는 시가 많은 것에 놀랐다. 그에 대해 알아갈수록 그의 시는
다르게 읽혔다.

그가 생각하는 바다와 내가 생각하는 바다가 얼마나 다른지, 그의 바다가 숨기고 있는 것들이 얼마나 많은지, 나는 조금씩 깨달았고 그만큼 조금씩 그의 세계로 다가갔다. 단지 이미지로만 느껴졌던 시어들이 깊은 의미를 지닌 씨앗으로 보이기 시작했다.

그 씨앗에서 싹트게 될 공감과 감동을 기다리며 거듭 시를 읽어나갈 때, 그와 함께 가지 못한 동해의 파도 소리가 문득 들려오는 것도 같았다.

그의 신작을 더 이상 볼 수 없는 것이 그래서 더욱 안타까웠다. 한글로 된 신문이나 잡지가 연이어 폐간되고 나니 작가들은 앞다투어 변절하여 일본어로 쓰여진 작품만 발표하고 있었다.

중일 전쟁부터 부족한 병력을 보충하기 위해 지원병 형태로 학생들을 동원하던 일제는 태평양 전쟁 말기에 이르자 징병제로 바꾸어 강제 동원을 하기 시작했는데 그것을 독려하는 글도 쏟아져 나왔다.

가을이 되자 일제는 조선어학회 회원들을 민족 독립운동 단체로 규정해서 내란죄를 적용해 잡아 들이기 시작했으니 우리의 말과 글을 완전히 말살하려는 것 같았다. 해외파견 근로정신대는 소녀들을 일본군 성노예로 데려간다는 소문도 파다했다. 그가 「절정」에서 노래했던 '한발 재겨 디딜 곳조차 없는 곳'

은 북방이 아니라 바로 이곳인가 싶었다.

그렇게 가을이 가고 겨울이 왔을 때, 나는 마침내 그의 새로운 글을 만날 수 있었다. 《매일신보사진순보》 12월 1일자에 「고란」이라는 제목의 수필이 발표되었던 것이다. 유일한 우리말 일간지로 남아 일제의 침략전쟁과 민족 말살 정책을 전해주고 있던 그 신문에서 그는 부여 고란사에서 보았던 고란에 얽힌 추억을 이야기하며 검열을 피하고 있었다.

결과적으로 그 수필은 그의 마지막 발표작이 되었다. 마지막 시를 발표한 지 1년 만에 발표한 그 마지막 수필을 통해 나는 그가 경주 옥룡암에서 돌아와 수유리 외숙집에 기거하고 있음을 알게 되었다. 외숙을 찾는 노시인들과 시회를 열거나 시담을 하면서 일견 한가롭게 요양을 계속하고 있는 것처럼 보였으나, 나는 이제 그의 글 속에서 그의 마음과 의지를 충분히 짐작할 수 있었다.

중국산 말리화차를 마시며 20년 전 북경 생활에서 맛보았던 그 맛을 느끼고, 말리화의 향내를 통해 강남의 생활에서 어떤 잊지 못할 기억을 재생한다 하였으니 '말리화차를 마시면서 강남의 봄을 그려본다'는 마지막 문장이 아니어도 그가 지금 무엇을 그리워하며 무엇을 도모하고 있는지 잘 알 것 같았던 것이다.

나는 그를 보듯 그 문장들을 읽고 또 읽었다. 고란차나 말리화차가 아니라 작설차를 마셔도 그 문장들을 읽는 순간에는 내가 그와 함께 있는 것 같았다. 1942년은 그렇게 저물어 가고 있었다.

다른 기억 속의 이야기

일기예보를 체크한 뒤 핸드폰을 주머니에 넣다가 아예 전원을 꺼버렸다. GPS에 의지하지 않고 종이 지도만 펼쳐들기로 마음먹었다. 왠지 이 길은 그렇게 걸어야만 할 것 같다.

트레킹 코스로 조성된 선비 순례길 제4코스, 퇴계 예던길. 육사의 생가터에서 청량산쪽으로 30분쯤 걸어가면 나타나는 단천교, 여기서부터. '녀던길' 표지석이 눈앞에 보인다.

퇴계가 즐겨 다녔다는 옛길이니 도산서원에서 낙동강을 따라 청량산까지 이어지는 길이 모두 녀던길일 테지만, 유독 여기서부터 을미재와 고산정으로 이어지는 길에만 '퇴계 예던길'이라는 이름을 붙인 것은 그만큼 풍광이 아름답기 때문일 것이다. 여울, 구비, 소, 들, 협, 곡 등을 모두 갖춘 이런 길은 보기 드문 게 사실이다.

지난 1년 간 이런 종류의 길을 지겹도록 많이 걸었다. 대한민국의 지방자치단체들이 조성한 길은 참 많기도 했다. 잊어야 할 기억이 있었으므로 나는 걷고 또 걸었다. 그런다고 잊혀지는 것도 아닌데 나는 걷고 또 걸었다. 둘레길, 올레길, 성곽길, 산성길, 자락길… 풍경은 저마다 아름다웠지만 내 눈에는 잘 들어오지 않았다.

그런데, 이 풍경은 눈에 들어온다. 드디어 내가 변한 것일까? 아니면 이곳이 워낙 아름답기 때문일까?

이 수려한 경관 앞에서 퇴계는 이런 시를 썼다고 한다.

烟巒簇簇水溶溶　산봉우리 봉긋봉긋 물소리 졸졸
曙色初分日欲紅　새벽 여명 걷히고 해가 솟아오르네
溪上待君君不至　강가에서 기다리나 임은 오지 않아
學鞭先入畫圖中　내 먼저 고삐잡고 그림 속으로 들어가네

기다려도 올 사람 없기에 나는 미련없이 그림 속으로 한 발 내딛는다.

"왜 하필 나한테?"
"네가 문학을 전공했기 때문이겠지? 동해이모 칠순 때 너는 데모하러 뛰어다닌다고 못 왔지만 그날 이모가 네 얘기를 많이 했더랬어. 그때 무슨 글을 쓰고 있는데 너한테 주고 싶다고 분명히 얘기했었고."
이모가 둘이니 그저 큰이모라고만 불러도 될 그분을 우리는 굳이 동해이모라고 불렀다. 동해서점, 동해상회, 동해물산… 이모가 운영했던 여러 가게와 사업체는 모두 그 이름을 썼기 때문이다.
동해이모가 맏딸로서 외가 식구들을 챙기느라 고생을 많이 하셨다는 얘기는 들었지만 내가 태어났을 때는 이미 성공한 사업가였으므로 내 눈에는 그저 부유한 친척으로 보였을 뿐이다.

부모님 챙기고 동생들 돌보느라 결혼도 못 했다며 엄마는 안타까워하셨지만 내겐 그게 오히려 더 멋있어 보이기도 했다.

이모의 칠순 모임은 소규모이지만 화려하게 치러졌다고 들었다. 내가 대학에 들어갔을 때, 막내의 막내까지 드디어 대학에 갔다며 좋아하셨던 기억도 난다. 칠순 이후에 급격히 쇠약해져서 요양원에 들어가고 난 뒤 돌아가시기까지 10년 동안 나는 이모를 거의 못 보았다. 누구나 겪는 스무 살 무렵 질풍노도의 시기가 내게는 좀 길었기 때문이다. 그래서 뒤늦게 병문안을 갔을 때, 이모는 이미 대화가 거의 불가능한 상태였다.

"그런데 왜 이걸 이제야 주는 거야? 이십 년 동안 왜 엄마가 갖고 있었던 거야?"

"이모 돌아가시고 유품 정리하면서 이걸 발견하긴 했다만, 넌 그때 결혼해서 아이 낳고 행복한 때였다. 이런 거 보여주면 너도 다시 글 쓰고 싶어질까 봐 두려웠어."

"그럼 끝까지 주지 말았어야지. 새삼 왜…"

"읽고, 너도 이렇게 한번 써보라고."

기가 막혀 나는 웃고 말았다. 엄마 말대로 '데모하러 뛰어다니던' 시절엔 책을 읽는 것도 글을 쓰는 것도 그렇게 말리더니… 도무지 알 수 없는 엄마의 마음을 이해하려 애쓰고 싶지도 않아서 나는 일단 원고부터 펼쳐들었다. 그리고 이모의 글을 읽어나가는 동안, 그 무렵 내가 잊어버리고 싶어 발버둥쳤던 기억을 저절로 잊어버리고 있었다. 1년 동안 걷고 또 걸으며 잊으려고 했던 기억이 그 순간엔 머릿속에서 완전히 사라지고 없었다.

이모의 글에 등장하는 그 남자 이육사에 관한 자료들을 찾아 읽는 동안에도 마찬가지였다. 급기야 이곳 안동까지 내려와 그의 한점 혈육을 만났던 어제까지도 나는 이모처럼 그 남자 이육사에게만 집중하고 있었다.

하지만 이제 원고를 그의 외동딸에게 넘겨 주었으니 나는 다시 그 기억의 감옥 속으로 돌아가게 되는 것일까? 아직은, 풍광이 아름답다.

유가에서 태어나 근대적인 지식과 학문을 습득한 이육사는 말하자면 과도기의 지식인이었다. 그의 시는 한시의 영향을 받은 전통적인 형태를 보였지만 그의 산문에는 서구적인 지식의 단편들이 자유롭게 펼쳐져 있었다. 신구의 교양이 공존하는데도 두 세계가 자연스레 하나의 길로 만나서 흘러가는 듯 느껴지기에 그가 자라난 문화적 환경에 관심이 갈 수밖에 없었다.

'무서운 규모가 우리들을 키워주었습니다'라고 수필 「계절의 오행」에서 말했듯이 그는 고향 마을을 하나로 묶어주는 '규모'라는 정신적 틀과 전통적 규범 속에 자라났다. 무엇이 옳은가를 철저하게 따지면서 바른 길을 열어간 선비 정신이 곧 '규모'이기도 할 것이었다. 그래서 나는 여기에 꼭 와보고 싶었다. 퇴계라는 신이 지배하는 땅, 이곳 안동에.

　퇴계 예던길을 걷기 전에 퇴계 묘소를 먼저 가봐야 할 것 같아서 아침 일찍 그곳에 들렀었다. 안내판을 따라 올라가다 보니 소박한 무덤이 하나 먼저 나타났는데, 시아버지를 지극히 존경하여 '죽어서도 아버님을 모시겠으니 근처에 묻어 달라'는 유언을 남겨 퇴계 묘 근처에 묻혔다는 맏며느리 봉화 금씨의 묘였다. 일체경지의 덕목을 실천하며 살았던 퇴계가 며느리를 어떻게 대했을지 짐작이 가고도 남는 일이었다.

　퇴계의 묘역 역시 소박하기는 마찬가지였다. 세월의 이끼가 내려앉은 문인석, 망주석, 그리고 동자석이 한 쌍씩 조촐하게 서 있고, 비석을 세우지 말라는 유언을 어긴 것을 부끄러워하는 듯한 묘비가 무덤 앞 오른쪽에 몸을 돌려세우고 있었다.

　퇴계의 비석을 세우지 않으면 후세 사람들은 아무도 비석을 세우지 못할 테니 어쩔 수 없이 세웠다고 했던가…. 그만큼 이곳 사람들은 무슨 일을 하든 '퇴계 선생이라면 어떻게 했을까'를 먼저 생각한다고 했다. 무엇을 하든 퇴계가 기준이 되어 결정을 하니 돌뿌리 하나에까지 퇴계 학맥이 흐른다는 말이 생겨났다는 것이다.

　그러니 이곳에서 항일운동의 효시인 갑오의병이 일어났고

경술국치를 전후해 가장 많은 자결순국자가 나왔으며 또한 가장 많은 독립유공자가 배출된 것은 어찌 보면 당연한 일인지도 모르겠다.

퇴계 묘소에서 내려다보이던 하계마을의 강변으로부터 시작해서 상류로 거슬러 올라와 육사의 생가터를 지나 단천교에서부터 더욱 상류를 향해 걸어가는 지금 이 길은 그래서 유교적인 선비의 전통이 낳은 정신적 자세를 좇아가는 길이기도 하다.

병풍 같은 바위와 그 밑을 감돌아 흐르는 맑은 물줄기를 보면서 역사 속에 스러져 간 많은 이들을 생각해 본다. 흘러가는 시간의 한 지점에서 태어나 어렵사리 의미 있는 삶을 살고 죽어가면서 강물 같은 역사를 계속 이어져 가게 하는 그들…

일제 강점기처럼 힘든 시절에는 의미 있는 삶을 영위하기가 더욱 어렵다. 더구나 적당히 부역하면 편하게 살 수도 있는 사람들이 끝까지 저항하는 것은 예사로운 일이 아니다. 하지만 진짜 선비에게 변절이란 상상할 수 없는 법. 그들에겐 그저 일편단심만이 있을 뿐이다. '예의'로 행동을 규제하고 '염치'로 마음을 단속하면서.

> 고인古人도 날 몯 보고 나도 고인 몯 뵈
> 고인을 몯 뵈도 녀던 길 알페 잇네

너던 길 알페 잇거든 아니 녀고 엇덜고

퇴계는 일찍이 이렇게 노래했다. '국문시가는 한시漢詩와는 달라서 노래할 수 있어서 흥이 난다' 하며 지었던 시조 「도산십이곡」에서였다.

옛성현을 비록 못 뵈었지만 가던 길은 앞에 있으니 그 길을 따라 가겠다는 의지가 노래에 실려 지금 우리에게 전해졌다. 가던 길, 녀던 길, 예던길은 그래서 지금까지 이어져 온 선비의 길이며 또한 바른 길을 일컫는 것일 터이다.

이리 굽고 저리 휘는 강을 따라서 청량산이 점점 가까이 다가오는 이 조용한 길을 걷는 동안 겹겹 푸른 산과 은빛 모래사장과 강변의 수직 단애가 어우러지며 거듭 여러 폭의 그림이 펼쳐진다.

「도산십이곡」에 영향을 준 「어부가」의 농암 종택을 지날 때에는 월란척촉회를 상상해 본다. 해마다 철쭉꽃 필 무렵에 농암과 퇴계를 중심으로 제자들까지 모여 월란사에서 문학회를 열었다 하니 그 풍류가 이 풍경 못지않게 아름답지 않은가.

강물 저 멀리 절벽 아래 고산정孤山亭이 보이기 시작하면 풍경은 아름다움을 초월하여 꿈이 되기 시작한다. 퇴계의 제자인 금난수가 이곳의 정취에 도취되어 지은 정자라고 하는바, 퇴계를 비롯한 수많은 시인묵객이 이곳을 찾아 수려한 풍광을

칭송한 것은 너무도 당연해 보인다.

하지만 하염없이 꿈에 취해 있을 수는 없는 일. 현실에서 벗어나 고향에 은둔한 선비들이 이 평화로운 비경 속에서 신선처럼 지내는 동안 나라는 점점 어지러워지고 왜적들은 난리를 준비하고 있었을 터이니 그 관념론적 이상주의의 한계를 육사는 특히 더 두려워했던 것이 아닐까?

> 훗트러진 갈기
> 후주군한 눈
> 밤송이 가튼 털
> 오! 먼길에 지친 말
> 채죽에 지친 말이여!
>
> 수굿한 목통
> 축처-진 꼬리
> 서리에 번적이는 네굽
> 오! 구름을 헷치려는 말
> 새해에 소리칠 힌말이여!

이 시가 시작이었다. 1930년 1월 3일자 《조선일보》에 실렸던 「말」이라는 제목의 시.

육사의 첫작품으로 알려진 이 시에서 말 고삐를 쥐고 유람하는 선비들의 여유는 찾아볼 수 없다. 수인번호 264를 얻은 대구형무소에서 출옥한 지 반년이 지난 그 당시 그의 모습처럼 지쳤으나 결기에 가득찬 분위기만이 있을 뿐이다.

육사는 「말」을 발표하고 일주일 뒤에 대구청년동맹과 신간회 대구지회 간부로서 일제에 끌려갔다. 하지만 그는 풀려난 뒤에도 《중외일보》대구지국 기자로 활동하며 항일 내용을 담은 격문을 거리에 붙이고 뿌리다가 쫓기는 몸이 되었다. 그때, 육사는 일주일 동안 솔밭에 숨어 지냈다고 한다. 유유자적 말을 타던 선비의 눈에는 그저 아름다운 풍경이었을 솔밭이 그에게는 은신처가 된 것이다.

결국 경찰에 붙잡혀 옥고를 치른 뒤에도 육사는 만주를 다녀왔고 《조선일보》대구지국으로 자리를 옮기기도 했다. 이후에 중국에서 군관학교를 마치고 돌아와 서대문형무소에 갇히고 요시찰인이 되어 일제의 감시를 받으면서도 문필활동과 항일운동을 멈추지 않았다. 그는 고향을 떠나는 순간부터 고향의 선비들과는 다른 실천적 삶의 길로 걸어간 셈이었다. 오로지 올곧은 선비 정신만을 간직한 채.

잠시 넋 놓고 앉았던 자리에서 일어난다. 몸을 돌려 작은 다리를 건너면서 나는 지금껏 걸어왔던 예던길을 마주보는 왕모산성길을 걷기 시작한다. 선비순례길 5코스의 시작이다. 강 건너에서 다시 육사 생가터로 돌아가는 길.

육사의 수려한 수필 「계절의 오행」에서 '내 동리 동편에 왕모성王母城이라고 고려 공민왕이 그 모후母后를 뫼시고 몽진蒙塵하신 옛 성터로서 아직도 성지城址가 있지마는 대개 우리 동리에 해가 뜰 때는 이 성 위에서 뜨는 것이었고'라 기록된, 바로 그 왕모산성을 향해 나는 부지런히 발걸음을 옮긴다.

굽이쳐 흐르는 강 줄기는 오랜 세월 자연이 힘겨루기를 하며 만들어낸 풍경이니, 맹개마을을 지나 산으로 오르면서 나는 마침내 풍경의 아름다움보다 시간의 아득함에 무릎을 꿇는다.

밑에서 올려다볼 때 칼처럼 날카롭게 보인다고 해 '칼선대'라고 이름 붙여진 절벽 위에 곧 도달할 것이다. 죽음을 두려워하지 않고 현실에 정면으로 도전하는 강인한 남성적 어조가 드러난 시 「절정」의 시상지로 알려진 그곳에.

왕모산성을 내려와 주차장에서 핸드폰을 켜자 부재중 전화번호 몇 개와 문자 메시지 몇 통이 떴다. 노을빛이 비쳐드는 자동차 안에서 문득 세상으로 돌아왔음을 실감했다.

칼선대에서 내려다본 풍경은 아찔해서 더욱 고혹적이었다. 눈앞에서 원을 그리며 휘어지는 강 줄기, 그 둥근 원이 품어안은 들판, 오른쪽으로 펼쳐진 병풍바위…

다른 기억 속의 이야기

칼끝처럼 좁은 바위 위에서 나는 육사의 길을 생각했다. 이 땅의 문인들이 거의 대부분 변절하여 친일로 돌아서거나 침묵했을 때, 그가 걸어갔던 정반대의 길.

그렇게 거침없이 한길로 걸어갔던 그에게는 여성을 향한 사랑과 이념을 좇는 사랑은 함께 할 수 없는 서로 다른 길이었을 것이다. 그래서 그의 철벽 같은 태도에 애가 탔던 이모도 점차 그 의지에 동화되어 갔으며 나도 함께 동감하게 되었던 것이다.

하지만 그 원고가 왜 나에게로 왔는지, 거기서 대체 무슨 의미를 찾아야 하는지는 여전히 알 수 없었다. 퇴계 예던길과 왕모산성길을 걸으면서 내가 과연 무엇을 얻었는지도 알 수 없었다. 한편으로는 이제 그런 의미나 이유로부터 그만 놓여나고 싶다는 생각도 들었다.

그때 전화벨이 울렸다. 육사의 외동딸, 그녀였다. 아직 안동을 떠나지 않았다면 그녀가 살고 있는 고택에 잠시 들러달라고 했다. 육사의 생가터 바로 옆에 자리잡은 집이라고 말하면서.

고택에 들어서니 잘 차린 저녁상이 기다리고 있었다. 뜻밖의 대접에 어색해하며 자리에 앉는데 그녀가 담담히 말한다.

"소설 같은 얘기더군요."

예상하지 못했던 반응은 아니었으므로 나도 담담히 말한다.

"그럴 수도 있겠죠."

"신석초 선생께서도 아버지의 비밀한 여성에 대해 말씀하신 적이 있지요. 하지만 아버지께서 밝히지 않으려 하여 단 한번 먼발치에서 그 여성을 바라다본 일만 있다고 하셨어요."

"네, 저도 그분께서 쓰신 글을 읽어 보았습니다."

"그분처럼 가까웠던 분도 미처 몰랐던 이야기들이 펼쳐지는 글을 읽다 보니 그 간절한 마음이 저에게도 느껴졌어요. 아버지에 관한 또 하나의 기억이 그렇게 더해지는 것일 테죠. 하지만 역사는 사료가 참 중요하더군요. 아버지에 대한 나의 기억이나 가족의 기억도 여러 증거가 뒷받침되는 객관적인 기록이 아니면 역사로 채택이 되지 않더라고요. 그래서 아버지에 대한 여러 자료들을 잃어버린 게 아쉬울 때가 참 많아요. 어릴 때 집안에 있는 아무 종이나 쭉 찢어서 딱지를 만들기도 했거든요. 그 종이가 과연 뭐였을지… 사실, 이 글에도 증거는 없지요. 그림이나 글씨라도 계속 보관하고 있었으면 모르겠는데…"

"저도 그게 안타깝더군요. 하지만 어차피 기억이라는 건 불완전하니까요. 주관적이기도 하고…"

"이 집은 조선 철종 때 대사간을 지낸 목재 이만유 선생의 집이라 목재 고택이라 불립니다. 이곳의 종손이 아버지와 팔촌 간이라 아버지에게서 받은 엽서를 가지고 계셔서 작년에 공개를 했는데, 간단히 안부를 묻는 내용이지만 중요한 자료가 된다고 하더군요."

다른 기억 속의 이야기

"기록이 아니면 인정받기 힘들다지만, 기록되던 그 시기의 마음과 상황도 사실은 가변적인 게 아니겠습니까? 중요한 것은 그 순간의 진실이 아닐까 싶어요. 아니면, 의도라든지 지향점이라든지…"

아직 정리되지 않은 마음이 두서없이 쏟아져 나옴을 느끼는데 그녀는 차분하게 동의를 해준다.

"맞아요. 나만의 기억, 나만의 역사는 분명히 존재합니다. 어딘가 기억의 오류가 있더라도, 그 마음이 중요한 것이겠죠. 누군가 저마다의 기억 속에 각각 다르게 기억되더라도, 누군가 저마다의 기억 속에 살아있다는 것은 중요한 일이니까요."

나는 고개를 끄덕이며 비로소 밥을 먹기 시작한다. 육사의 생가터, 청포도 시비 바로 뒤에 자리잡은 이 고택은 그녀에게 썩 잘 어울리는 공간이라 생각하며 밥을 씹는데 문득 그녀가 묻는다.

"그런데 어쩌다가 이 글을 이렇게 늦게 만나게 되셨나요?"

"제 아들이 죽었습니다."

씹던 밥을 미처 삼키지도 못한 채 나는 대답했다. 그렇게 말할 수밖에 없었다. 소설인지 아닌지도 모를 글을 들고 여기까지 찾아온 이유를 설명하려면.

"스물두 살, 다 키운 아들을 사고로 잃었습니다. 도저히 받아들일 수가 없어서 미친 듯이 헤매고 다녔더니 보다 못한 어머니께서 이 글을 저에게 주셨어요. 제가 글 쓰는 걸 싫어했던 분이라 끝까지 보여주지 않을 생각이셨던 것 같은데, 저의 불행이 결국 이 원고를 세상에 나오게 만든 셈이죠. 평생 혼자 사셨던 이모가 불행하다 생각했었는데 이 글을 읽고 이모의 삶을 다시 보게 되었다고, 저도 이모처럼 글을 쓰면서 생각을 정리해 보는 게 어떻겠냐고 하시더군요."

그녀가 물끄러미 나를 바라보고 있다. 침묵이 제법 길어지는 것 같아 다시 밥을 떠넘기는데 그녀가 독백처럼 말을 하기 시작했다.

"어떤 기분인지 조금은 알 것 같아요. 저도 남편이 갑자기 세상을 떠났거든요. 암에 걸린 나를 지극정성으로 간호해서 살려놓고 갑자기 심장마비로 떠나버렸어요. 그땐 정말 하늘이 무너지는 것 같았죠."

이번에는 내가 그녀를 물끄러미 바라본다. 어릴 때 아버지를 잃은 그녀에게 남편은 그냥 단순한 남편이 아니었을 것이다.

"너무 상심해서 어디든 먼 곳으로 떠나고 싶었어요. 이 땅엔 너무 추억이 많아서 자꾸만 생각이 났으니까… 마침 일본의 니가타 총영사관에서 직원을 구하고 있다길래 지원을 해서 무작정 떠났습니다. 다른 조건 없이 교회 다닐 수 있는 시간만 달라고 했어요. 어머니께 배운 궁중음식과 오랜 취미였던 꽃꽂이 라이센스로 영사관의 문화교류 행사를 돕고 수없이 손님을 치르면서 하늘 한번 안 보고 일만 하다 보니 환갑이 지나갔어요."

"그래도 그 나이에 그렇게 훌쩍 떠나는 건 일반적인 주부의 모습은 아닌 것 같아요."

"견딜 수 없었으니까요. 우린 평생 참 의좋게 살았어요. 제가 하겠다고 하면 뭐든지 밀어줬고 언제나 제 기를 살려주는 남편이었죠. 어머니는 제가 고등학교를 졸업하자마자 바느질을 배워 시집가라고 재봉틀을 사주셨어요. 몰래 장학금 받아 대학에 들어가긴 했지만 결국 졸업 직전에 결혼했죠. 어머니가 원하는 대로, 돈은 많지 않아도 직장 하나 튼튼하고 아내를 아껴주는 가정적인 남자랑… 정말 평생 그렇게 다정한 남편이었어요. 어머니는 사위에게, 내 딸이 방바닥 바르고 연탄 아궁이 고치지만 않으면 되니 그저 사랑해 주기만 하라고 말씀하셨어요. 그 말에서 어머니의 외롭고 고달팠던 삶이 떠올라 너무 가슴이 아팠죠."

그래서 그녀는 결혼 조건으로 어머니를 모시고 살 것을 내세웠다고 한다. 처부모를 모시는 게 생소할 때였지만 남편은 쾌히 승낙했고 평생 장모를 모시며 존경했다고 한다. 그런 남편을 잃었으니 어디든 가리지 않고 떠났겠지만 하필이면 그곳이 일본이었다는 것은 아이러니한 일이다.

"일본의 첫인상은 깔끔하고 깨끗했어요. 옷차림 같은 겉모습에 사치를 부리지 않는 것도 좋았죠. 하지만 그들에겐 아직도 우리를 속국으로 생각하는 마음이 있더군요. 자기 나라가 더 우월하다는 인식도 아직 남아있는 걸 보면서, 아버지가 유학 갔던 그 시절에는 오죽했을까? 그 성격에 얼마나 분개했을까? 짐작이 되었어요. 학교 다닐 때 어머니 반대를 무릅쓰고 일어 공부를 했던 것도 일본이라는 나라를 알고 싶어서였는데, 그렇게 내 마음 추스르러 떠났다가 아버지에 대해서도 더 많이 생각하게 되었던 거죠."

그녀의 행보를 이해한다. 보고 싶으나 더 이상 볼 수 없는 이의 추억이 나를 둘러싸며 밀어붙일 때, 그 추억 어린 장소를 떠나는 것 외에는 방법이 없다. 내가 아이를 키우며 행복했던 도시를 떠나 산천을 걸어다녔듯, 그녀는 이 나라를 떠나 바다를 건넜던 것이다.

"영사관에서 삼 년쯤 일했을 때 여기 문학관이 개관했다길래 기념식에 참석하러 잠깐 들어왔다가 다시 나갔는데 자꾸만 이곳이 눈에 밟혔어요. 그래서 결국 돌아와 이렇게 눌러앉게 되었네요. 원래는 에티오피아 선교를 떠나려고 했거든요. 일본에 있는 동안 구약과 신약을 꼼꼼하게 세 번을 필사했는데 그제야 헤매 돌던 마음이 안으로 차분하게 가라앉는 게 느껴졌어요. 삶과 죽음이 한 덩어리로 녹아 있다는 것을 인정할 수도 있게 되었죠. 그래서 고향으로 돌아올 수 있었던 것 같아요."

삶과 죽음. 고통과 도피. 방황과 깨달음⋯ 내가 겪고 있는 것들을 앞서 겪은 그녀의 이야기를 경청하며 나는 애써 눈물을 참는다.

"이곳에 정착하고 십 년이 지났는데, 저는 여기서 또 매번 삶과 죽음을 넘어서는 경험을 하고 있어요. 이곳 문학관을 찾는 분들에게 아버지 인생의 일화를 들려주는 안내자 역할을 하다 보면 아버지의 품에 안기는 것 같은 느낌을 받을 때가 많거든요. 너무 일찍 떠나서서 늘 아쉬웠던 아버지의 사랑을, 아버지의 삶과 시를 아끼는 분들로부터 대신 받고 있기도 합니다. 어린 시절에 아버지의 부재는 내게 상처였지만 지금은 그 누구보다도 아버지의 존재를 강하게 느끼면서 살고 있어요. 전에는 불편하고 원망스럽기만 했던 아버지였는데 이제는 육사의 딸이라는 것이 자랑스러워요. 아버지의 뜻을 받들기엔 어림없지만 그 뜻을 잊지는 않으려 할 때, 아버지가 내 곁에 존재함을 분명히 느낍니다."

밥상을 물리고 찻상을 받아들며 원촌 마을의 밤을 맞이한다. 육사가 '어린 마음에도 지상에는 낙동강이 제일 좋은 강이었고 창공에는 아름다운 은하수가 있거니 하면 형상할 수 없는 한 개의 자랑을 느끼곤 했다'고 썼던 바로 그 마을에 지금 내가 있다. 십이성좌의 별들은 지금 저마다의 자리에서 빛나고 있을 것이다.

강인하고
아름답게

분명 라이플선線을 튕겨서 올라

그냥 화화火華처럼 살아서 곱고

오랜 나달 연초煙硝에 끄스른

얼굴을 가리선 슬픈 공작선孔雀扇

거칠은 해협마다 흘긴 눈초리

항상 요충지대를 노려가다.[23]

"이걸 좀 맡아줄 수 있겠습니까?"

깊은 밤이었다. 골방의 창문을 두드리는 소리에 잠이 깨어 서점 문을 열고 그를 맞이했을 때, 그는 크고 묵직해 보이는 가방을 들고 있었다. 내 골방에 처음 들어섰던 그때처럼 허름한 차림새였으나 쫓기는 상황은 아닌 것 같았다. 하지만 지친 듯한 모습에 옥룡암에서보다 더 야위어 보이기도 했기에 나는 그를 골방으로 안내했다.

"말의 목을 베지는 않으셨나 봅니다."

순순히 나를 따라 골방으로 들어서는 그에게 실없는 농담을 해보았지만 그는 웃지 않았다. 다만 큰 가방을 바닥에 놓고 활짝 열어보였을 뿐이었다.

---

23 이육사 시 「광인의 태양」 전문 – 《조선일보》(1940.4.27)

"권총입니다. 격발음이 특히 매력적인…"

책과 머플러, 장갑 같은 것들 사이에서 크고 작은 쇳덩어리들이 보였다. 권총이 아니라 그저 쇠붙이에 불과해 보였던 그것들은 바닥에 하나씩 나열되자 과연 총의 부속품처럼 보였다.

"손과 팔의 미세한 떨림이나 방아쇠 당길 때의 손가락 압력에 따라 손목이 아주 살짝만 비틀어져도 총알은 다른 방향으로 날아갑니다. 총신 안에 새겨진 라이플선을 타고 회전하는 모양에 따라서 방향이 완전히 달라지는 예민한 녀석이지요."

조립 직전의 총을 내려다보며 그가 말했을 때, 격발음처럼, 그 시가 떠올랐다. 내게 「반묘」를 암송해주고 떠난 뒤, 그 다음 달에 발표했던 시 「광인의 태양」.

그때는 화약에 그슬린 얼굴을 가리려는 부채의 슬픈 이미지만 오래도록 아름다웠으나 막상 쇳덩이를 앞에 놓고 그 시를 생각하니 라이플선을 튕겨 오르는 불꽃의 이미지가 시리도록 강렬하게 다가왔다. 붉은 빛 공작을 화려하게 그려넣은 커다란 부채의 이미지는 군사 훈련중에 쏟아지는 뜨거운 태양을 가리던 손바닥의 꿈이었을 터이니…

"크기가 작아서 화력도 떨어지지만 이 작은 권총들은 나름 요긴하게 쓰일 겁니다. 이런 것들보다 훨씬 더 강한 총기들은 지금 중국 내륙으로 모여들고 있어요. 임시정부가 중경에 정착해서 광복군을 창설했으니까요. 의열단의 조선의용대도 광복군에 합류했습니다. 한국 광복군은 지금 연합군으로 전쟁에 참여하고 있어요. 강제로 일본군에 끌려갔던 조선 청년들도 속속 탈출해서 광복군에 합류하고 있고 중국 각지에 흩어졌던 독립운동 무장 단체들도 모여들고 있습니다."

오랜 시간 화약과 화염에 단련된 존재, 비밀 요원으로서 항상 요충지대를 노려왔던 그가 하나의 실체로 다가오는 순간이었다.

"우리는 이제 무기를 통일해서 대규모로 조직적인 전투를 하려고 합니다. 소련제나 독일제 총기를 마련하는 것이 가장 급한 일이지요. 암살이나 테러를 할 때 쓰는 이런 권총이 아니라 진짜 전쟁을 해야 할 때 꺼내들 수 있는 총!"

점차 고조되는 그의 목소리가 두려워 나는 조심스레 물었다.

"꼭 전쟁을 해야만 합니까?"

"편하게 살려면 그저 가만히 있으면 되지요. 지나가는 개를 보세요. 얼마나 편안해 보입니까? 그런데 지금은 그저 개처럼 사는 것조차도 대단해 보이는 시절입니다. 문인들은 이제 대부분 일제의 꼭두각시가 되어 징병과 징용을 독려하는 글을 쓰거나 강연을 하고 있어요. 예술가들은 음악이나 미술 작품으로, 기업인들은 돈으로 일제의 전쟁을 돕고 있습니다. 무기를 만들기 위해 식민지의 놋그릇 하나까지 수탈하고 있는 일본을 그대로 두고 보아야 하겠습니까? 개처럼 가만히 있으란 말입니까?"

그래서, 그는 과연 어떤 길로 가려는 것일까? 이 극한의 상황에서 대체 무엇을 도모하고 있는 것일까?

"국내 공작에 거듭 실패한 것이야 또 다른 기회를 살피면 되는 일이지만 가까운 문인들의 변절을 지켜보는 것은 가슴 아픔을 넘어 무기력함을 안겨 줍니다. 나는 더 이상 무기력하기 싫습니다. 동생 원조도 붓을 꺾었고 문우인 석초는 고향에 묻혀 지내기에 가끔 함께 모여 시회나 열면서 한시 짓는 것으로 소일하고 있지만… 이제 더 이상은 침묵할 수 없습니다. 나는 파도치듯 일어나 마땅히 해야 할 일을 할 것입니다. 양친이 모두 돌아가셨으니 이제 두려울 것도 없습니다."

"그래도… 정말 그 방법뿐입니까?"

그 길이 아무리 불꽃처럼 격렬하고 화려하다 해도, 포연처럼 치열하고 아름답다 해도, 나는 말리고 싶었다. 부모님 얘기까지 하니 더욱 그랬다. 어느덧 눈물이 흘러내리고 있는 내 뺨을 그가 말없이 바라보았다. 침묵이 길었다.

"잠시 불을 꺼줄 수 있겠소?"

이윽고 그가 말했다. 램프를 끄는 내 손이 떨렸다. 어둠 속에서 짧은 한숨 소리가 들리는가 싶더니 곧이어 쇠붙이를 달그락거리는 소리가 들려왔다. 3월이지만 추운 밤이었다. 달빛도 없이 어두운 밤이었다.

지난 여름 옥룡암에서 함께 올라온 이후 가을과 겨울이 지나는 동안 그에게 무슨 일이 일어났던 것일까?

"이제 불을 켜주시오."

그의 앞에, 여섯 자루의 권총이 조립되어 있었다. 놀라운 속도였다.

"이 총이 쓰일 때를 오래도록 기다리고 있었습니다. 이제야 그 기회가 왔군요."

"선생님은 이미 총을 쏘고 계셨어요. 시와 산문에 담긴 그 감성에, 그 결기에, 나는 매번 총을 맞은 듯하였답니다. 그것으로 충분하지 않은가요?"

"하지만 이제 시와 산문을 쓸 수 있는 모국어를 빼앗겼지 않았소? 그러니 진짜 총을 들 수밖에!"

그가 권총 한 자루를 손에 쥐었다. 딸깍, 하고 소리가 날 때 나는 소스라쳤다. 그러나 총은 곧 분해되기 시작했다. 그의 손 안에서 해체되는 권총은 전혀 위험한 무기가 아닌 듯싶었다.

"지난 여름 옥룡암에서 요양하고 있을 때 허형식 장군이 만주에서 전사했음을 뒤늦게 알게 되었습니다. 외당숙이지만 나보다 다섯 살이나 어린데… 일제 관동군이 비행기와 탱크를 몰고 동북 일대를 빗질하듯 토벌할 때 다른 이들처럼 소련으로 피신하지도 않고 끝까지 맞서 싸웠다고 합니다. 동북 항일연군을 이끌고 실탄과 비상식량을 두 어깨에 엑스 자로 메고서 백마 타고 달리던 기골장대한 그 모습은 이제 전설이 되고 말았지요. 그리고 또 한 사람, 내가 소중한 비취인장을 선물했던 윤세주 동지도 지난 여름에 태항산 전투에서 전사했다는 소식을 이제야 들었습니다. 사천 명의 조선의용군을 사십만 명의 일본군이 전투기와 전차까지 동원해서 포위했다고 하더군요."

여섯 자루의 권총은 순식간에 해체가 끝나 다시 쇳덩어리의 형태로 가방 속에 들어갔다.

"이 가방을 잘 보관해 주세요. 가까운 날에 누군가 찾으러 올 것입니다."

"누가 오는 것인지요?"

"그저 '맡겨놓은 가방을 달라'고 할 때 내어주면 됩니다. 더 이상 자세히 알려고는 하지 말아요. 위험하니까."

"그리 위험한 일을 도대체 왜 하려는 겁니까?"

어린 아이가 떼를 쓰듯 나는 이유를 물었다. 부질없는 질문이라는 걸 알면서도.

"살아있다는 게 치욕인 이 시절, 고뇌에 빠져 있던 문약한 시인으로 기억되기 싫습니다. 나는 이제 항일투쟁의 최전선인 중국 대륙으로 가서 전장의 한복판으로 뛰어들려고 합니다. 내 이름을 걸고, 목숨을 걸고 가야 할 이 길은 물론 고통스럽겠지만, 이 길로 가지 않으면 더욱 고통스러울 것입니다. 윗대에 욕을 보이고 아랫대에 절망을 줄 수는 없으니까요. 조국의 운명이 순탄하지 않은데 나의 운명만 순탄하길 바라는 건 모순이지요."

더 이상 그를 붙잡을 수 없겠다고 생각하는데, 그가 주머니에서 종이를 꺼내어 내 앞으로 내밀었다.

"이제 어느 곳에도 우리말로 글을 발표할 수가 없으니 이 시는 그대의 마음에만 발표하려 합니다. 내가 떠난 뒤에 펼쳐 봐요."

그리고 그는 손을 내밀어 내게 악수를 청했다. 내가 허탈하게 웃으며 악수를 받아 주자 그는 부드럽게 부탁하듯 말했다.

"지금처럼 많이 읽고, 많이 생각하고, 반드시 그 생각을 글로 남기도록 하세요. 글은, 유한한 존재를 무한의 세계로 끌어올립니다."

악수를 하며 마주 잡은 나의 오른손 위로 그가 왼손까지 포개어 올렸다. 그 모습을 물끄러미 보던 나도 그의 오른손 위로 나의 왼손을 포개어 올렸다. 그가 미소를 지으며 말했다.

"연애가 주는 최대의 행복은 사랑하는 여자의 손을 처음으로 쥐는 것이라고 스탕달이 말했더군요."

마주 잡은 두 손에 힘을 주며 그가 덧붙여 말했다.

"최대의 행복을 누렸으니 이제 여한이 없습니다."

순간, 숨이 멎는 것 같았다. 하지만 나는 애써 심호흡을 하며 물었다.

"마음까지도 비밀이라 해놓고 이리 다 들키면 어쩝니까?"

"그럼, 이 마음은 우리 둘만 아는 비밀로 합시다."

우리는 손을 맞잡은 채로 한동안 서로의 눈을 바라보았다.

"검소함을 편히 여기고 담박함을 사랑하라 배웠습니다. 또 그렇게 살아왔습니다. 그런데… 그대는 화려한 보석처럼 내게 편하지 않아요. 그래서 나는 이제 내가 편한 길로 가려고 합니다. 그래요, 내가 편안해지고 싶어서라고 해둡시다. 하지만 이런 말로는 표현이 다 될 수 없겠지요. 어쨌든 내가 가장 편안한 그곳, 그 먼 마을부터 되찾아야 나는 다시 편안해질 수 있을 겁니다. 폐허가 되어버린 내 마음의 그곳을 되찾기 위해… 나는 곧 북경으로 떠날 것입니다."

그날 그가 남긴 마지막 말이었다. 그것이 결국 내가 들은 그의 마지막 음성이 될 줄도 모르고 나는 그를 보낸 뒤 그가 내게 준 종이부터 서둘러 펼쳐 보았다. 원고지 두 장에 세로로 쓴 글이었다. 칸을 무시하고 빽빽하게 적혀 있어 얼핏 보아 산문인가 싶었지만 시였다. 「해후」라는 제목의 시.

　

　　모든 별들이 비취 계단을 나리고 풍악소래 바루 조수처럼
　　부푸러 오르던 그 밤 우리는 바다의 전당을 떠났다

　　가을꽃을 하직하는 나비 모냥 떨어져선 다시 가까이 되돌
　　아 보곤 또 멀어지던 흰 날개 우엔 볕ㅅ살도 따갑더라

강인하고 아름답게

머나먼 기억은 끝없는 나그네의 시름속에 자라나는 너를 간직하고 너도 나를 아껴 항상 단조한 물결에 익었다

　　그러나 물결은 흔들려 끝끝내 보이지 않고 나조차 계절풍의 넋이 가치 휩쓸려 정치못 일곱 바다에 밀렸거늘

　　너는 무삼 일로 사막의 공주 같아 연지 찍은 붉은 입술을 내 근심에 표백된 돛대에 거느뇨 오—안타까운 신월新月

　　때론 너를 불러 꿈마다 눈덮인 내 섬 속 투명한 영락玲珞으로 세운 집안에 머리 푼 알몸을 황금 항쇄項鎖 족쇄로 매여 두고

　　귀ㅅ밤에 우는 구슬과 사슬 끊는 소리 들으며 나는 일흠도 모를 꽃밭에 물을 뿌리며 머—ㄴ 다음 날을 빌었더니

　　꽃들이 피면 향기에 취한 나는 잠든 틈을 타 너는 온갖 화판을 따서 날개를 붙이고 그만 어데로 날러 갔더냐

　　지금 놀이 나려 선창船窓이 고향의 하늘보다 둥글거늘 검은 망토를 두르기는 지나간 세기의 상장喪章 같애 슬프지 않은가

차라리 그 고은 손에 흰 수건을 날리렴 허무의 분수령에 앞날의 기旗빨을 걸고 너와 나와는 또 흐르자 부끄럽게 흐르자[24]

그리고 두 계절이 지난 뒤, 친구는 그가 동대문경찰서에 수감되어 있음을 알려왔다.

"중국에서 무슨 활동을 하고 있었던 모양인데 모친 소상 치르러 들어와서 안동 다녀오는 길에 형사대에 붙잡혔대. 북경뿐만 아니라 중경과 연안까지 동선이 잡혔다니 해외의 독립단체들을 연결하는 역할을 한 게 아닌가 싶다더라. 모친 소상이 중요하긴 하지만 그래도 굳이 위험을 무릅쓰고 들어온 걸 보면 국내에도 뭔가 연결하려 했던 게 아닌가 짐작하고 있고… 요즘 국내에도 항일 조직이 많이 생겨나고 있다잖아."

흩어져 있던 독립운동 세력들을 하나로 모으기 위해 그는 또다시 여러 경계를 오가고 있는 모양이었다. 국내와 해외, 중국과 임시정부, 민족주의 계열과 사회주의 계열… 그들 사이의 소통을 도우면서 그는 아마도 경계인으로서의 역할을 충실히 하고 있었을 것이다.

"다음 주에 헌병대로 넘겨지면 북경으로 압송될 거래. 거기서 뭔가 큰일을 도모했으니 그곳으로 다시 보내서 조사하려는

---

24 이육사 시 「해후」 전문 - 『육사시집』(1946, 서울출판사)

거겠지? 그게 테러나 암살 같은 계획인지, 무기 반입 같은 구체적인 일인지, 아무리 고문을 해도 도통 말을 안 한대. 요즘 고문은 회유 아니면 죽음이라던데…"

말하면서 친구는 몸을 떨었다. 하지만 이상하게도 나는 오히려 마음이 차분해지는 것 같았다. 그에게서 이미 들었던 이야기의 파편들이 눈앞에서 현실로 구현되어 가고 있는 모습이 경이롭기도 했다.

"누구길래 면회를 청하는 것이오?"

경찰서 앞을 지키고 있던 순사는 퉁명스레 내게 물었다.

"그를 경애하는 독자입니다."

순사는 나의 머리끝부터 발끝까지 훑어보더니 다시 무뚝뚝하게 말했다.

"사상범은 일체 면회 불가능한 거 모르시오? 가족 면회 한번만 허용될 뿐인데, 지금 면회실에는 가족이 와 있어요."

그래서 나는 그녀의 모습을 보게 되었다. 발길을 돌리지 못해 한동안 경찰서 앞에 서 있다가 그녀가 나오는 것을 보게 된 것이다.

익숙한 듯 순사에게 인사하고 돌아서는 그녀는 보따리를 품에 안고 있었는데, 그 안에 무엇이 들어 있을지는 짐작하고도 남았다. 수인번호 264 시절에 고문으로 피 걸레가 된 형제들의

166

옷을 받아냈다는 어머니 얘기는 익히 들었던바, 이제는 그의 아내가 새 옷을 들고 와 피범벅된 옷을 받아 나온 것이겠지.

그녀는 익숙한 듯 무표정한 얼굴로 집을 향해 발길을 돌리는가 싶더니 이내 경찰서 담장 한귀퉁이에 무너져 내리듯 주저앉았다. 그녀는 어깨를 조금씩 들썩이며 한동안 그렇게 주저앉아 있었다. 달려가 그녀를 일으켜 세워주고 싶었지만, 차마 그럴 수가 없었다. 나는 그저 먼발치에서 함께 울 수밖에 없었다. 그의 신의이자 당위인 그녀를 바라보기만 하면서…

이윽고 그녀가 자리에서 일어나 단호히 발걸음을 옮겨 사라지고 난 뒤에도 나는 경찰서 담벼락을 한참 동안 바라보았다. 바로 그 담장 너머에 그가 있다는 사실이 사무치도록 슬펐다. 나는 다시 한 번 순사에게로 다가갔다.

"방금 다녀가신 그 분이 이육사 시인의 부인이시지요?"

"맞아요. 하지만 더 이상 면회는 안 됩니다."

순사는 다시 한 번 나의 머리끝부터 발끝까지 훑어보았다.

계절과 상관없이 날씨는 갑자기 추워졌다. 가을은 겨울처럼 흘러갔고 겨울은 지옥처럼 추웠다. 봄이 되었으나 여전히 스산하게 추웠던 어느날, 친구가 울먹이며 그의 죽음을 전해주었다.

"올해 초에… 북경의 일본 영사관 감옥에서…"

너무 먼 곳이었다. 그리고 너무 추운 때였다. 그래서 나는
그의 죽음이 현실로 느껴지지 않았다. 하지만 온몸은 뻣뻣하
게 굳어버린 듯 입술조차 움직일 수 없었다. 파리해진 내 얼굴
을 살피던 친구가 문득 중얼거렸다.

"굳이 중국까지 끌고 가서 조사하고 고문해야 할 일이 대체
뭐였길래… 체포 영장도, 재판도 없이…"

그가 마지막으로 전달받은 임무는 결국 그렇게 영원한 비밀
로 남고 말았다. 죽기 전까지도 실토하지 않았기 때문에.

"북경에 있다가 온 헌병이 알려준 거래. 그 헌병이 매일신
보 북경 특파원이었던 이에게 육사의 행적을 심문했는데 한번
만났을 뿐 아는 게 없다고 하길래 일어로 번역된 「청포도」라
는 시를 들이밀면서 물었다잖아. 이 시에서 기다리고 있는 손
님이 누구냐, 이육사는 철저한 민족주의자가 아니냐… 그렇게
육사의 시까지 분석하면서 감시하고 주변인을 취조했는데도
그가 중국에서 무슨 일을 하려고 했는지는 결국 알아내지 못
했다는 얘기에 우리 오빠가 감동받았다고 하더라. 하긴, 일본
헌병마저도 감화받은 것 같았다고 하니…"

나는 여전히 입을 뗄 수 없어 굳은 채로 친구의 말을 듣고만
있었다. 일제를 속이기 위해 은유로 숨겼으나 결국 그들도 알
아차린 그의 시를 생각하면서. 시에 담은 의지를 실현하기 위
해 시를 버리고 홀연 떠나버린 그를 생각하면서.

다시는 만질 수 없게 된, 그의 따뜻한 손을 그리워하면서…

섣달에도 보름께 달 밝은 밤
앞내ㅅ강 쨍쨍 얼어 조이던 밤에
내가 부르던 노래는 강 건너 갔소

강 건너 하늘 끝에 사막도 다은 곳
내 노래는 제비같이 날러서 갔소.

못 잊을 계집애가 집조차 없다기
가기는 갔지만 어린 날개 지치면
그만 어느 모래ㅅ불에 떨어져 타 죽겠소

사막은 끝없이 푸른 하늘이 덮여
눈물 먹은 별들이 조상오는 밤

밤은 옛ㅅ일을 무지개보다 곱게 짜내나니
한 가락 여기 두고 또 한 가락 어데멘가
내가 부른 노래는 그 밤에 강 건너 갔소[25]

---

25 이육사 시 「강 건너 간 노래」 전문 - 《비판》(1938.7)

그가 세상을 떠나고 이듬해 해방이 되었다. 1945년 8월 15
일. 음력 칠월이었다.

그의 말대로 우리 민족은 청포도처럼 익어갔고 일본은 이
땅에서 끝장났다. 하지만 은쟁반에 하이얀 모시 수건을 마련
하려 해도 식탁에 마주 앉을 그가 없었다.

추억의 감옥에 갇힌 수인에게 해방은 오지 않았다. 찌는 듯
한 여름도 내겐 겨울이었고 수려한 가을도 내겐 겨울이었다.
친구가 찾아와서 내게 신문 한 장을 내밀었을 때, 내가 처음 했
던 생각도 '아, 지금은 진짜 겨울이구나' 였다.

12월 17일자 《자유신문》이었다. '대한민국 건국강령' 기사
옆으로 그의 시 두 편이 실려 있었다. 「광야」 그리고 「꽃」. 유고
遺稿였다. 유언이었다. 눈물이었다. 내 눈물이 떨어진 곳에 그
의 동생 원조가 덧붙인 글이 있었다.

'가형家兄이 사십일 세를 일기로 북경옥사北京獄舍에서 영면하
니 이 두 편의 시는 미발표의 유고가 되고 말았다. 이 시의 공졸工
拙은 내가 말할 바가 아니고 내 혼자 남모르는 지관극통至寬極痛
을 품을 따름이다.'

그리고 또 한 해가 지난 뒤, 한 여인이 찾아왔다.
"저는 이병희라고 합니다."

당연히 자신의 이름을 알 거라는 듯 인사를 하는 당당한 여인을 나는 멀뚱히 바라보기만 했다. 처음 듣는 이름이었다.

"이육사를 모르십니까? 종로 이정목 뒷골목의 동해서점에 가면 저와 동갑인 여인이 있을 거라 하였는데…"

"아, 노동운동을 하셨다는… 동갑이라 하니 기억납니다. 하지만 그분께서 이름까지 알려주지는 않으셨던 걸로 기억합니다."

반가움보다 먼저 울컥 솟아오르는 눈물을 삼키다가 나는 급히 물었다.

"혹시 그분께서 제게 무슨 말씀이라도 남기셨나요?"

"아닙니다. 중경을 다녀온 동지 한 사람에게서 그곳 소식을 듣던 도중 잠시 시간이 났을 때 문득 말씀하셨을 뿐 그 이상의 얘기는 없었습니다. 북경 자금성 뒤편의 북해공원이었는데 그날따라 날씨가 무척 좋았지요. 저는 그 다음에 또다른 지시가 있을까 해서 기다렸는데 중경으로 가는 문제를 다시 의논하느라 대화가 이어지지 않았어요. 중경에서 요인 한 명을 모시고 연안으로 갈 계획이었거든요. 그래도 내내 마음에 있었는데 모처럼 서울 오는 길에 생각이 나서 들렀습니다. 나와 동갑인 그 여인이 혹시 우리 동지인가 싶기도 했고…"

"저는 그렇게 대단한 사람이 못 됩니다."

"아니지요. 해방을 차지한 우리는 모두가 대단한 사람들입니다. 육사가 언급하셨으니, 더더욱 그럴 것입니다. 북경에서 육사가 체포되기 직전에 노트와 필기구가 든 검은 가방을 제게 맡기며 동생 원조에게 전해 주라 하셨는데… 저도 갑자기 체포되는 바람에 동지들의 명단만 겨우 숨기고 그 가방은 챙기지 못했어요. 이래저래 아쉬운 점이 많아서 이렇게 그분의 흔적을 찾아다니는 것이지요. 혹시 그분이 동지들에게 뭔가 남긴 말씀이나 물건 같은 건 없었습니까?"

고개를 젓다가 나는 문득 그 가방을 떠올렸다.

"저도 가방 하나를 맡아둔 적이 있습니다만… 얼마 지나지 않아 누군가 나타나서 맡겨놓은 가방을 달라기에 아무 것도 묻지 않고 내주었어요. 선생님께서 그렇게 하라고 하셨거든요. 혹시 제가 뭘 잘못한 건 아니겠지요? 그러고 보니 고등계 형사의 동생인 제 친구가 여길 드나들었는데 제가 너무 쉽게 생각했던 것 같네요. 나도 모르게 그분을 위험한 상황에 빠트린 건 아닌지…"

"아닐 겁니다. 워낙 비밀리에 움직이는 분이시라 저도 사실 그분의 일을 자세히는 알지 못합니다만… 어쨌든 중요한 건 '의도'가 아니겠습니까? 그분을 돕기 위해 했던 일이 혹시 그분을 곤란에 빠지게 했더라도 그 의도만큼은 결코 헛되지 않을 겁니다."

뒤늦은 후회에 어쩔 줄 몰라 하는 나를 위로하며 그녀는 내 손을 잡아주었다. 그리고 내 얼굴을 바라보며 말했다.

"이제 보니 그분께서는 이렇게 마음도 곱고 모습도 고운 여인의 존재 자체를 제게 얘기하고 싶었나 봅니다. 그날, 북해공원의 햇살 아래 문득 떠오른 존재였을까요?"

그만 먹먹해져서 또 어쩔 줄 모르는 나에게 그녀가 종이 한 장을 꺼내 주었다.

"육사의 시신을 수습할 때 마분지에 적힌 유고도 함께 수습했어요. 저는 그 중에 특히 이 시가 너무 좋아서 이렇게 필사하여 몸에 지니고 다닙니다. 육사가 마지막으로 우리 동지들에게 보낸 시 같거든요."

그녀에게서 종이를 받아들고 보니 「꽃」이었다. 해방이 되고 나서야 《자유신문》에 「광야」와 함께 발표되었던… 그 시들이 감옥 안에서 마분지에 쓰인 것이었다니…

> 동방은 하늘도 다 끝나고
> 비 한 방울 나리잖는 그 때에도
> 오히려 꽃은 빨갛게 피지 않는가
> 내 목숨을 꾸며 쉬임없는 날이여
>
> 북쪽 쓴드라에도 찬 새벽은
> 눈 속 깊이 꽃 맹아리가 옴자거려
> 제비떼 까맣게 날라오길 기다리나니

강인하고 아름답게

마침내 저바리지 못할 약속이여

한 바다 복판 용솟음치는 곳
바람결 따라 타오르는 꽃성城에는
나비처럼 취하는 회상回想의 무리들아
오늘 내 여기서 너를 불러보노라[26]

동지가 필사한 시에 눈물이 떨어질까 봐 나는 서둘러 고개를 들며 물었다.

"시신과 유품을 직접 수습하셨나요?"

"그렇습니다. 북경의 일본 영사관 지하 감옥에 함께 투옥되었다가 내가 먼저 나왔는데, 갑자기 시신을 인수해 가라고 연락이 왔어요. 그나마 안면 있던 간수가 배려를 해줘서 비밀리에 시신을 내주는 거니까 밤에 몰래 오라는 거였어요. 처음엔 믿을 수가 없었지요. 내가 출옥할 때만 해도 멀쩡했던 사람이 그렇게 갑자기 죽을 수는 없는 거니까… 그때 결혼을 앞둔 죄수는 가석방해 주는 제도가 있어서 육사가 나를 위해 군관학교 후배를 소개해 주었거든요. 그 후배 사진을 내 약혼자라고 보여주고 출소해서 얼굴도 한번 못 본 그 남자를 만나러 가던 길이었는데… 그 전에 면회 갔을 때 괜찮으시냐고 물었더니 네가

26 이육사 시 「꽃」 전문 - 《자유신문》(1945.12.17)

출옥하고 결혼까지 하게 되었으니 굉장히 기분이 좋다고 하셨
어요. 그 남자 만나면 바로 조선으로 가라고 권하기도 했지요."

마침 말리화차가 있어서 내놓았지만 나는 아무런 맛도 향도
느낄 수 없었다. 그가 그렸던 강남의 봄은 북경의 차디찬 감옥
에서 그렇게 스러지고 말았구나…

"감옥으로 달려가니 감방에 관이 놓여 있었는데 관 뚜껑을
조심스레 열다가 깜짝 놀라고 말았어요. 눈을 부릅뜨고 계셨
거든요. 내가 눈을 쓸어내리며 안심하시라고, 뒤처리는 내가
다 할 테니 안심하시라고, 조국은 우리 동지들이 맡을 테니 제
발 안심하시라고 세 번을 말했더니 그제야 눈을 감으셨어요.
그때 코에서 핏물과 거품이 주루룩 쏟아졌지요. 옷이 피로 낭
자하게 젖어 있었고… 그러니까 고문으로 돌아가신 겁니다.
육사가 폐가 좋지 않아 감옥에 있을 때도 기침 소리가 크게 들
려왔지만 불과 며칠 전에 사람을 소개시켜 주며 시집가라고
권하던 사람이 그렇게 갑자기 죽을 수는 없는 거잖아요?"

일본인들의 잔인한 고문에도 두 눈 부릅뜨고 호통쳤을 그의
모습이 눈에 선했다. 끝까지 눈을 감지 못했을 그의 비분강개
는 얼마나 컸을 것인가.

"어렵사리 시신을 화장한 뒤에 제가 유골 단지를 품에 안고
다녔어요. 동생 원창이 체포된 것처럼 서류를 꾸며 중국으로
오게 하는 데 열흘 가까이 걸렸거든요."

"정말 너무 애쓰셨네요. 감사드립니다."

나는 그의 가족이라도 된 듯 그녀에게 고개를 숙였다.

"당연히 해야 할 일을 한 것이지요. '너는 끝까지 나라를 지켜라, 깨끗이 살다가 죽거라' 하셨던 아버지의 유언에 따라 행동했고, 그 행동을 함께 했던 동지들을 챙겼을 따름입니다. 육사는 제게 친척 할배가 되지만 영원히 빛나는 동지입니다."

'이병희'라는 이름을 가슴에 새기면서 나는 그녀에게 눈을 맞추며 말했다.

"네, 그 분은 이제 하늘을 날아다니고 계실 겁니다. 훨훨…"

아주 헐벗은 나의 뮤–즈는
한번도 기야 싶은 날이 없어
사뭇 밤만을 왕자처럼 누려 왔소

아무것도 없는 주제였만도
모든 것이 제것인 듯 뻐틔는 멋이야
그냥 인드라의 영토를 날라도 단인다오

고향은 어데라 물어도 말은 않지만
처음은 정녕 북해안北海岸 매운 바람속에 자라
대곤大鯤을 타고 단였단 것이 일생의 자랑이죠

계집을 사랑커든 수염이 너무 주체스럽다도
취하면 행랑 뒤ㅅ골목을 돌아서 단이며
복狀보다 크고 흰 귀를 자조 망토로 가리오

그러나 나와는 몇 천겁 동안이나
바루 비취가 녹아나는 듯한 돌샘ㅅ가에
향연이 벌어지면 부르는 노래란 목청이 외골수요
밤도 시진하고 닭소래 들릴 때면
그만 그는 별 계단을 성큼성큼 올러가고
나는 초ㅅ불도 꺼져 백합꽃밭에 옷깃이 젖도록 잤소[27]

이병희 선생이 다녀가고 얼마 지나지 않아 그의 시집이 나
왔다. 해방 이듬해 가을이었다. 그동안 발표했던 시들과 미발
표작 「나의 뮤-즈」와 「해후」까지 20편의 시가 묶인 『육사시집』
은 그의 첫시집이자 유고시집이었다.

마지막으로 그의 모습을 보았던 날 받았던 「해후」는 나 혼자
간직하기엔 너무 아까운 시였으므로 시집에 실린 것이 무척
반갑고 고마웠다. 「나의 뮤-즈」는 경주에서 들었던 간다르바
에 대한 이야기로 읽혀서 홀로 흐뭇하고 즐거웠다.

그의 뮤즈는 간다르바. 그는 간다르바처럼 자유롭게 하늘

---

27 이육사 시 「나의 뮤-즈」 전문 – 『육사시집』(1946,서울출판사)

을 날아다니면서 노래하기를 꿈꾸었다. 서정적 아름다움 속에 의지를 담아서 시를 쓰며 그가 늘 꿈꾸었던 하늘. 그곳을 향해 별 계단을 성큼성큼 올라가는 그의 뒷모습이 「나의 뮤-즈」에 겹쳐 보여서 나도 모르게 미소가 떠올랐다.

그러나 시집 말미에 동생 원조가 붙인 발문은 또다시 나의 눈물을 자아냈으니 '그가 이 세상에 왔다 간 자취라도 남겨 보려 하니 실로 그 발자취는 자욱 자욱이 피가 고일만큼 신산하고 불행한 것이었다' 라는 구절에서 먹먹해진 내 마음을 어떻게 글로 표현할 수 있을까?

이후로 그의 작품이 몇 편 더 발굴되고 친구나 친척이 받은 편지도 공개되었다. 생각해 보니 나는 그 흔한 엽서 한 통 받지 못했으나 시와 그림을 받았으니 더욱 귀한 것이 아닐까 싶었다. 그래서 답장처럼 답시나 답화를 준비해야 함이 마땅하겠지만 도무지 그럴 재주가 없으니 두서없이 써나간 이 글이 그에게 보내는 긴 답신이라 우겨 보려 한다.

그나마 내가 받았던 그의 시와 그림은 이제 이 세상에 없다. 잘 갈무리해서 소중하게 챙겨두었으나 어이없는 화재로 모두 불타버렸기 때문이다. 골방에 두고 있을 때에는 6.25전쟁의 폭격까지도 잘 피해 갔는데 사업을 확장하면서 서점을 정리하고 새로 집을 지어 옮기자마자 화마를 입었다.

이병희 선생이 다녀가고 난 뒤, 나는 다른 사업체들을 꾸려가기 시작했으나 서점은 차마 정리하지 못해서 지인에게 맡겨 오래 유지했었다. 서점 골방에 그와의 추억을 그대로 쌓아놓은 채 문을 굳게 걸어두고 가끔 찾아보았으니 말하자면 동해서점은 내 마음의 신전神殿이었다. 하지만 사업 확장의 욕심으로 서점을 정리하고 나자 그런 결과가 나타나고 말았던 것이다.

눈앞에 보면서도 믿을 수 없었던 그 어이없는 화재 현장에서 나는 그를 생각하며 오열했다. 불꽃은 마치 그에게 가 닿으려는 듯 하늘로 하늘로 타올랐다. 그가 어느 별에선가 그 모습을 내려다보고 있을 것만 같았다. 문득 비췬계단을 타고 내려오는 그의 모습이 불꽃 속에 어른거리는 것도 같았다.

그러나 사라져버렸기에 그의 시와 그림은 오히려 더 또렷이 내 기억에 남아 있다. 그의 필체와 그림체 속에 담긴 에너지가 지금도 내 눈앞에 어른거린다. 단정함 속에 강인함이 깃든 글씨와 그림은 그의 모습을 꼭 닮았다. 실체가 남아 있지 않기에 더욱 애절하게 마음에 남은 그의 흔적들.

광명光明을 배반한 아득한 동굴에서
다 썩은 들보라 무너진 성채 위 너 홀로 돌아다니는
가엾은 박쥐여! 어둠의 왕자여!
쥐는 너를 버리고 부자집 고庫간으로 도망했고

대붕大鵬도 북해로 날아간 지 이미 오래거늘

검은 세기에 상장喪裝이 갈갈이 찢어질 긴 동안

비둘기 같은 사랑을 한 번도 속삭여 보지도 못한

가엾은 박쥐여! 고독한 유령이여!

앵무와 함께 종알대어 보지도 못하고

딱따구리처럼 고목을 쪼아 울리도 못하거니

마노보다 노란 눈깔은 유전遺傳을 원망한들 무엇하랴

서러운 주문呪文일사 못 외일 고민의 이빨을 갈며

종족種族과 홰를 잃어도 갈 곳조차 없는

가엾은 박쥐여! 영원한 보헤미안의 넋이여![28]

『육사시집』이 10년 만에 다시 편집되어 나왔을 때, 나는 새로 추가된 「편복」이라는 시를 가슴 아프게 읽고 또 읽었다. 경주에서 그는 자신이 박쥐에 불과하다고 자조적으로 말했건만, 해방이 된 이후에도 우리 민족은 박쥐의 슬픔에서 벗어나지 못하고 있는 듯해서였다.

해방 정국에서 나타난 좌우 대립의 상처는 국토 분단을 낳고 동족상잔의 전쟁을 불러온 것도 모자라 민족까지 둘로 나누려 들고 있었다. 일제에 부역하던 친일파들은 미군정을 거

---

28 이육사 시 「편복蝙蝠」 중에서 – 『육사시집』(1956, 범조사)

치며 더욱 강하게 살아남아 세력을 확장했다.

의열단의 김원봉 단장도 임시정부 군무부장까지 지냈으나 해방 공간에서 반공 투사로 변신한 친일경찰에게 수모를 겪은 뒤 월북했고, 이원조를 비롯한 그의 동생들도 월북했다는 소식이 들려왔다. 그리고 그들은 결국 북쪽에서도 숙청당했다. 해방후 좌우의 이념 대립 속에 떠돌거나 죽어간 동지들을 보았다면 그는 과연 어떤 생각을 했을까?

너무나 가슴이 아파서 나는 오히려 한동안 그를 잊고 살아가려 했다. 전쟁의 폐허 위에서 가족들을 위해 닥치는 대로 일했고 한때는 돈을 모으는 재미에 빠져들기도 했다. 하지만 생활이 안정되어 갈수록 가슴 한쪽의 아린 부분이 점점 더 커지는 것 같았다.

나는 어느새 신문을 뒤적이고 도서관을 찾아다니며 다시 그의 소식을 알아보고 있었다. 그 사이에 또 여러 작품이 발굴되었고 그의 시를 묶은 여러 형태의 책도 나와 있었다. 그의 시와 생애에 대한 연구와 조사가 이루어지는 것을, 고향의 낙동강변에 시비가 세워지고 표창과 훈장도 주어지는 것을, 나는 계속해서 지켜보았다. 나만의 기억을 혼자 뒤적이고 되새기면서.

신석초 시인은 몇 년 전에 발표한 글에서 "육사에게 단 한 사람의 비밀한 여성이 있었다는 것을 어렴풋이 짐작하고는 있다"며 '작품 「반묘」와 「해후」 등은 그 영원한 여인에게 준 꽃다발'이라는 표현을 했지만, 나는 그렇게 생각하지 않는다. 끝내 그가 밝히지 않았다는 비밀한 여성은 나일 수도 있고, 다른 여성일 수도 있고, 또 다른 형태의 마음일 수도 있을 것이다.

무릇 시라는 것은, 읽는 사람에 따라 다르게 읽힌다. 읽는 시절에 따라서도 다르게 읽힌다. 중요한 것은 시인이 그 시에 담아놓은 '마음'에 어떻게 닿느냐가 아닐까? 그래서 나는 그의 시를 읽고 또 읽었다. 그것밖에는 다른 길이 없었다.

그렇게 세월이 흘러 나는 이제 칠순의 노인이 되었다.

남북이 갈라진 채로 상처를 안고서도 우리 민족이 근성으로 일어서고 역동적으로 살아오는 모습을 나는 지금껏 보아왔다. 작년에 아시안 게임을 화려하게 치르더니 내년에는 올림픽을 연다며 떠들썩한 요즘. 한편에서는 독재를 타도하겠다고 연일 시위를 벌이더니 마침내 대통령 직선제라는 것을 쟁취했다고 한다.

그렇게 한 해가 저물어가고 있다. 올 초에 막내 동생의 막내 딸이 대학에 합격했다는 소식을 들었을 때, 뭔가 맥이 탁 풀리는 듯한 느낌을 받았던 것을 기억한다. 가족을 책임진 입장에서 마지막까지 최선을 다했다는 생각에 스스로를 격려하는 순간, 오히려 힘이 빠졌던 것이다.

그 허탈함의 이유를 봄에 알았다. 창경원이 복원 공사를 마치고 창경궁으로 이름까지 되찾았다 해서 구경하러 갔을 때였다. 홍화문을 지나 명정문으로 향하는데 옥천교 양옆으로 매화가 가득했다. 그와 함께 왔을 때는 전각 한모퉁이에 겨우 한 그루의 나목으로 서 있었던 매화였는데 이제는 옥천교 주변을 가득 채우며 꽃을 피우고 있었다.

나는 그를 본 듯 반색하며 매화를 보았다. 꽃잎 아래서 향기를 느끼고 그를 느끼며 오래 오래 서 있었다. 그러다가 문득 그의 음성을 들었다.

"많이 읽고, 많이 생각하고, 반드시 그 생각을 글로 남기도록 하세요. 글은, 유한한 존재를 무한의 세계로 끌어올립니다."

그때부터 이 글을 쓰기 시작했다. 무엇에 홀린 듯 종일 집에 틀어박혀 글을 쓰다 보니 봄이 다 가고 있었다. 여름이 시작될 무렵, 동생들이 칠순 잔치를 해준다길래 모처럼 집을 나설 수 있었다.

그날, 시위대 때문에 길에서 발이 묶였다. 한국은행과 신세계 백화점 사이, 시민들이 경찰과 대치하고 있었다. 조선은행과 미츠코시 백화점 사이, 삼일만세 시위대가 일본 헌병과 대치했던 곳이었다.

"우리 막내도 지금 저 시위대 안에 있을 거야. 글을 잘 쓰길래 국문과를 보냈는데 이상한 선전문만 쓰면서 돌아다니고 있으니 정말 걱정이네. 오늘 같은 날 식구들하고 밥이라도 한끼

강인하고 아름답게

먹으면 좋으련만."

차창 밖으로 시위대를 보면서 막내 동생이 말했을 때, 나는
그 막내 조카에게 이 글을 주고 싶다는 생각을 했다. 그 아이
라면 왠지 이 늙은 이모의 마음을 이해해줄 것 같았다. 하지만
내가 가꾼 꽃다발이 그 아이에겐 가시덤불일 수도 있겠지.

요즘 아이들은 우리의 해방이 일본의 패전으로 거저 얻어진
것이라 말하기도 한다 들었다. 그러나 독립운동의 줄기찬 저
항이 없었다면 우리는 패망한 일본에 그냥 흡수되었을지도 모
른다. 종전 직후 일본은, 한국과 일본이 합법적으로 병탄된 나
라라고 주장했지만 세계는 이를 인정하지 않았다. 우리는 끊
임없이 저항했으며 그 무렵에는 광복군을 조직해서 국내 진공
작전까지 앞두고 있었기 때문이다.

임시정부가 계획했던 작전 개시일은 8월 20일. 일본의 항복
으로 실행하지는 못했지만 우리는 분명 독립 전쟁을 준비하고
있었다. 나는 비록 독립운동에 나서지는 못했지만 앞장서 달
려갔던 이들의 노력을 조금은 안다. 그들의 처절한 꿈틀거림
을, 목숨 건 걸음걸이를.

내가 쓴 이 글이 그들 모습의 일부라도 보여줄 수 있다면 좋
겠다. 그들 중의 한 사람, 붓과 펜과 총을 함께 들었던 그 남자
이육사에 관해 조금이라도 알려줄 수 있다면 좋겠다.

펜을 들 수 없을 땐 총을 들었고, 총을 들 수 없을 땐 펜을 들었던 남자. 그리고 삶의 어느 한 순간, 나의 골방에서 붓을 들기도 했던 남자. 나는 그를 진정한 남자로 기억한다. 그는 진정 사내다웠던 사내였고 선비다웠던 선비였다.

인간다운 세상을 위한 해방을 꿈꾸었던 당신. 모든 것이 해방된 그곳에서 마음껏 아름다운 시를 쓰시길. 거미처럼 박쥐처럼 살던 그 시절을 잊고, 부디, 비밀 없는 세상에서 행복하시길.

수만 호 빛이래야 할 내 고향이언만
노랑나비도 오잖는 무덤 우에 이끼만 푸르리라

슬픔도 자랑도 집어삼키는 검은 꿈
파이프엔 조용히 타오르는 꽃불도 향기론데

연기는 돛대처럼 날려 항구에 들고
옛날의 들창마다 눈동자엔 짜운 소금이 저려

바람 불고 눈보래 치잖으면 못살이라
매운 술을 마셔 돌아가는 그림자 발자취 소리

숨막힐 마음속에 어데 강물이 흐르느뇨

달은 강을 따르고 나는 차듸찬 강 맘에 들리라

수만 호 빛이래야 할 내 고향이언만

노랑나비도 오잖는 무덤 우에 이끼만 푸르리라[29]

---

29 이육사 시「자야곡子夜曲」전문 –《문장》(1941.4)

그리고 계속될
이야기

목재 고택의 아침은 징갈한 밥상으로 시작되었다. 토스트나 오트밀로 대충 차려먹고 있는 요즘이지만 불과 1년 전만 해도 나 역시 아침마다 이렇게 밥상을 차렸었다. 아들을 위해 간단하게나마 국을 끓이고 밥을 짓던 기억이 떠올라 갑자기 눈물이 툭 떨어졌다.

"죄송합니다. 이부자리도 좋았고, 잠도 잘 잤는데…"

"괜찮아요. 천천히 드세요."

말하지 않아도 안다는 듯, 그녀는 덧붙여 말했다.

"원래 기억이란 게 불쑥 불쑥… 그렇게 솟아나죠?"

나는 고개를 끄덕이며 밥과 국을 떠먹었다. 아픔을 공유한 사람이 안겨주는 위안을 느끼면서…

"바로 서울로 올라가실 건가요?"

"하회마을이나 봉정사를 한번 둘러보고 갈까 합니다."

고택을 나서며 인사를 하다가 나는 그녀 뒤로 보이는 산기슭의 집을 보았다. 마을에서 산쪽으로 올라가 홀로 자리잡은 그 집 역시 범상치 않은 세월을 안고 있는 듯 보였다. 내 시선을 따라 고개를 돌리더니 그녀가 말했다.

"저긴 저희 친척 할아버지께서 살던 집입니다. 아버지께서 떠나실 때 기차역에서 마지막 얼굴을 볼 수 있게 해주신 분이죠."

"아, 그때 포승줄에 꽁꽁 묶여 용수를 쓰고 계셨다는…"

그것은 육사의 마지막을 얘기할 때 꼭 등장하는 모습이었다. 용수는 밀짚으로 만든 것인데, 죄수를 이감할 때 얼굴을 보지 못하도록 머리에 씌우는 길고 둥근 통이라 했다. 서울에서 북경으로 압송되기 직전, 육사는 그렇게 마지막으로 아내와 딸을 보았다고 했다.

"서울에서도 저 할아버지가 우리 이웃에 살았어요. 아버지께서 북경으로 이감된다는 소식에 어머니는 저를 할아버지 댁에 맡겨 놓고 동대문 경찰서로 달려갔는데, 세계 정세에 밝았던 저 어른이 '육사가 이번에 가면 마지막이 될 것 같다, 부녀지간에 만나게 해줘야겠다' 생각해서 저를 안고 청량리역으로 가셨던 거죠. 그래서 용수를 쓰고 오는 아버지와 뒤따라오는 어머니를 만나서 마지막 배웅을 할 수 있었다고 해요."

나는 다시 한번 산기슭의 집을 바라보다가 물었다.

"그럼 저 산에 아버님의 묘소가 있는 건가요?"

"네, 문학관 뒷쪽으로 올라가는 길을 정비해 두었어요. 삼십 분쯤 걸어가면 됩니다."

"떠나기 전에 한번 가보고 싶군요."

"그럼 함께 다녀올까요? 길 안내 표지판들도 한번 점검해 볼 겸…"

그렇게 나선 길이었다. 생가터를 지나고 문학관을 지나 뒷산의 묘소로 이어지는 길을 걷는 동안 그녀의 이야기는 다시 이어졌다.

"중학교 때 대구형무소 근처에서 살았는데 어느날 죄수들이 포승줄에 묶여 용수를 쓰고 가는 모습을 보고 정신이 아득해진 적이 있어요. 무의식 속에 남아 있던 아버지의 마지막 모습이 떠올랐기 때문이었죠. 허둥지둥 집으로 달려와 어머니께 말씀드렸더니 '니가 그걸 기억하는구나' 하며 자리에서 벌떡 일어나시더군요. 이후로 형무소나 경찰서는 무조건 피해서 빙빙 돌아가는 버릇이 생겼어요. 순경만 보면 가슴이 두근거렸죠. 누가 붙들려 가나 싶어서… 반면에 예쁜 기억도 뇌리에 남아 있어요. 아버지께서 제게 사다 주셨던 핑크색 모자와 자줏빛 원피스… 토종 계란 색깔처럼 밝은 양복을 입고 나비넥타이를 맸던 아버지의 모습도 떠올라요. 그 얘기를 했을 때도 어머니는 놀라셨죠."

"우리 나이로 세 살 때였나요? 정말 놀라운 기억력이군요."

"시각적으로 강렬했던 모습들이 꿈결처럼 남게 된 것 같아요. 제가 아니어도 아버지의 말쑥한 모습을 인상 깊게 기억하는 분들이 많아요. 할머니 소상 때 안동 오시면서도 흰 양복에 백구두를 신었다고 지금도 그때 얘기를 하는 사람들이 있어요. 원촌에서 똑똑하다고 소문났다더니 서울 가서 기생집이나 드나드는지 옷을 빼입었더라고… 나중에야 그게 독립운동가의 변신이었다고 말들을 하셨대요. 문단에서 제일 가까웠던 신석초 선생님도 제가 중학생일 때 뵈었는데, 아버지를 장안의 신사였고 멋쟁이였다고 회상하셨죠. 하지만 어떤 필요성에서 그렇게 옷차림에 각별히 신경을 쓴 것 같기도 하다고 말씀하셨어요. 가끔 말없이 사라질 때는 중요한 임무를 수행하는 것이리라 짐작만 했을 뿐이라고…"

신석초 시인은 혹시라도 경찰에 잡혀가면 자백할까봐 육사에게 행적을 아예 묻지 않았다고 한다. 자신은 육사처럼 강인하지 않아서 고문을 견뎌내지 못했을 거라고 하면서.

대부분의 사람이 그렇지 않겠냐고 덧붙이며 그녀는 외삼촌 이야기를 꺼냈다. 고문을 못 이겨 군관학교 동지들의 이름을 대고 말았다는, 육사의 처남 이야기였다. 스스로의 나약함을 후회하며 폐인처럼 무기력하게 살았다는 외삼촌을 그녀는 몹시 안쓰러워했다.

일제의 억압 속에서는 친구도 가족도 한순간에 배신자로 전락할 수 있었을 것이다. 타인을 믿지 못하고 스스로의 의지도 믿을 수 없었을 것이다. 그 야만의 시절을 헤쳐왔던 이들을 회상하다 잠시 침묵에 빠져든 그녀에게 나는 조용히 말했다.

"세상을 떠난 사람들은 남아 있는 사람들의 기억 속에서 계속 살아가는 것 같네요. 살아있는 동안 좋은 기억을 채워가야겠다는 생각이 들어요. 삶은 짧지만 기억은 영원하니까."

"그렇죠. 어머니는 제가 어릴 적부터 자장가처럼 아버지에 대한 기억을 들려주셨어요. 형제간 우애나 집안 어른들의 삶까지… 늘 같은 얘기라 나중엔 듣기 싫었는데 그 이야기를 제가 지금 사람들에게 들려주고 있네요. 아버지 돌아가시고 나서 어머니는 죄인이라며 평생 흰옷만 입으셨어요. 비단도 걸치지 않고 무명이나 삼베만 입으셨죠. 제가 자꾸 권하니까 환갑 때 회색 옷을 입으시고 나중엔 차츰 옥색도 걸치셨지만요. 어머니는 정말 온갖 고생을 다 하셨어요. 삯바느질부터 하숙집, 건어물상, 부산에 피난 갔을 때는 칼국수 장사를 하면서 군수품 취급도 하셨죠. 제가 결혼하고 나서 남편과 함께 어머니를 모시고 다녔지 그 전에는 어디 놀러 다니지도 않으셨어요."

"어머니께서 딸의 결혼을 서두르면서도 사윗감의 조건은 크게 내세우지 않으셨던 이유를 알 것 같네요. 딸은 평범하게 살면서 소소한 행복을 누리기를 원하셨군요. 본인이 살았던 삶과는 다르게."

"맞아요. 그래도 아버지가 어머니를 칠년 동안 냉대한 후 합쳤을 때, 그동안 마음 고생시켜 미안했다고 말씀은 하셨대요. 하지만 나는 당신에게 부끄러운 일을 한 적은 없다, 두고 생각하면 당신에게 그럴 일이 아니었는데 동지들이 잡혀가고 죽고 했으니 그렇게 할 수밖에 없었다, 오랫동안 참으면서 끝까지 자리 지켜줘서 고맙다고…"

어쩔 수 없이 동해이모의 글이 떠오르는 순간이었다. 그녀 또한 그러했는지 잠시 침묵하며 걷다가 이윽고 앞을 보며 소리쳤다.

"바로 저기예요. 미아리 공동묘지에 안장했던 아버지 유골을 저기로 이장한 게 내가 고등학생일 때였어요. 소복을 입으라고 해서 입긴 했지만 산천에 가득 핀 진달래가 예뻐서 탄성을 지르며 뛰어다녔죠. 멀리 강물도 보이고, 왕모산에 청량산까지 다 보이는 게 좋아서 웃기만 했더니 재종조부가 이리 오라고 하더니 그래도 이럴 땐 웃는 게 아니라고, 산에서 내려갈 때까지만 웃지 마라 하셨어요. 그래도 나는 꽃이 너무 좋아서 자꾸만 웃고, 할아버지도 결국 허허 웃으시고…"

딸이 그렇게 좋아했던 자리에 부부는 함께 나란히 묻혀 있었다. 그 앞에 서니 다시 이모 생각이 났다. 납골당에 모셨다고 들었는데 여태 한번 가보지도 못했으니 이번에 올라가면 꼭 찾아뵈어야지.

"지난 달에 아버지의 글씨가 한 편 공개되었어요. 일창 할아버지께 독립운동 자금을 지원받고 감사를 표현하며 보낸 것으로 추측되는데 '수부선행'水浮船行이라는 한자성어를 초서체로 쓴 휘호입니다. 물이 배를 띄워서 나아가게 한다는 뜻이니 자금을 후원한 이들 덕분에 독립운동 하는 이들이 활동을 할 수 있다는 의미겠죠. 아버지의 외숙들은 모두 만주로 망명해서 독립운동을 했지만 특히 일창 할아버지께서 운영하셨던 일창 한약방은 자금 지원 창구와 동지들의 연락처 구실을 했다고 해요. 항일운동의 일선에서 활동하지 않더라도 물심양면 뒤에서 도왔던 사람들이 얼마나 많았을까요? 그들이 모두 배를 띄워올려 우리를 여기까지 오게 한 게 아닌가 싶네요."

강은 산 아래 저 멀리에 있는데 흘러가는 강물 소리가 귓가에 들려오는 것 같다. 함께 낙동강을 내려다보던 그녀가 다시 말하기 시작한다.

"일창 할아버지께서 육사를 마지막으로 만난 곳이 연해주라고 말씀하셨던 적이 있는데 그때는 너무 어려 연해주가 어딘지도 몰랐어요. 얼마 전에 문학관 행사로 러시아 연해주를 갔을 때 비로소 블라디보스톡 신한촌을 지나면서 '여기가 거기구나' 했고, 시베리아 횡단열차가 출발하는 역에서 '아버지는 이렇게 넓은 세상을 돌아다니셨구나' 생각했어요. 안중근 의사가 의병단체 회원들을 모아 왼손 무명지를 끊고 혈서를 새긴 곳이 크라스키노였고, 많은 재산을 독립자금으로 내놓고 항일운동의 대부가 된 최재형 의사가 일본군에 총살당한 곳이 우스리스크였더군요. 헤이그 밀사 이상설 선생의 유해가 뿌려진 수이푼 강에 서서 그동안 연해주의 독립운동사를 너무 모르고 있었다는 반성을 했더랬어요."

나 또한 마찬가지였다. 이모의 글을 읽고 나서 육사의 생애에 관한 자료들을 찾아보면서 새롭게 알게 된 것들이 얼마나 많았던가. 반드시 알아야 하는데도 미처 모르고 있었던 것들은 또 얼마나 많았던가.

"연해주에서 러시아 돈을 사용할 때마다 생각난 얘기가 있어요. 아버지가 마지막으로 떠나기 전에 어머니께 러시아 지폐 두 장을 주면서 좋은 세월이 오면 이 돈이 쓰일 거라고 하셨대요. 그게 아마 어머니가 아버지께 처음으로 받아본 돈이었을 거예요. 어머니는 그 지폐를 항상 몸에 지니고 있다가 청년들에게 한번 구경시켜 줬는데 어떻게 신고가 들어갔는지 경찰이 들이닥쳤다고 해요. 육이오 직후에 좌우익이 극심하게 대립할 때였죠. 경찰이 곤봉을 휘두르길래 어머니는 '내 몸에 손대지 마라, 내가 누군지 알고 손을 대냐, 이 나라가 어떻게 찾은 나라인데 너희들이 막무가내냐, 내가 스스로 걸어가겠다' 해서 이틀 동안 조사를 받고 나왔는데 돈은 되찾지 못했대요. 좋은 세월도 못 보고 빼앗겼다고…"

한 마리의 노랑나비가 날아온 건, 그 순간이었다.

노랑나비도 오잖는 무덤 우에 이끼만 푸르리라, 육사는 노래했지만 깔끔하게 정돈된 무덤에는 어디선가 날아온 씨앗으로 작고 하얀 꽃들이 피어 있었다. 그리고 그녀가 묘소를 다니며 한번도 보지 못했다는 노랑나비마저 날아왔다.

"좋은 징조겠죠?"

나는 이모를 보듯 나비를 보며 말했다. 그녀는 나비를 보며 아버지나 어머니를 생각했을 것이다.

"아버지가 말씀하신 좋은 세월이 시작될 징조라면 좋겠네요. 해방 후에 남과 북이 세계적 권력의 꼭두각시가 돼 서로 총부리를 겨누면서 이념에 따라 우리 민족도 너무 갈라져 버린 것 같아요. 제가 초등학교 때 이병회 선생님을 처음 뵈었는데, 그 분은 사회주의 계열로 낙인 찍혔던 터라 혹시 후손들에게 누가 될까 봐 독립운동가였던 사실을 숨기고 살아오셨어요. 해방 후 오십 년이 지나고 비로소 국가유공자로 인정받았죠. 좌파니 우파니 하면서 민족을 갈라놓는 안타까운 일이 이제는 더는 없었으면 좋겠어요."

"좋은 세월, 유토피아… 그런 건 어쩌면 영원한 꿈이 아닐까요? 우리 이모의 글이 마무리되던 때의 직선제 대통령 선거는 결국 정권 교체로 이어지지 못했고, 그로부터 삼십 년이 흐른 뒤에도 우리는 촛불을 들고 그 거리에서 시위를 하고 있었잖아요."

"그래도 조금씩 뭔가 변화되어 왔다고 생각해요. 지금 남북 관계도 조금씩 변화되어 마침내 통일을 이룰 거라고 저는 믿어요. 아버지께서도 힘을 보태셨던 임시정부의 좌우합작도 통

일이 될 때 비로소 완성된다고 생각합니다. 어쩌면 영원한 꿈일지라도 지치지 않고 꿈을 추구하며 살라고 아버지께서 지금 제게 말씀하시는 것 같네요."

육사의 딸, 육사의 아내, 동해이모, 이병희 선생… 육사의 옆에 있었던 여성들은 모두 오래 살아남아 그의 인생을 증언하며 이 모진 세월을 지켜보았다. 그러나 육사가 자신의 삶을 던지면서까지 기대했던 좋은 세월은 아직 오지 않았다. 그런 세월이 과연 오기는 할 것인가…

"아직도 궁금해요. 다른 양반 가문 출신 엘리트들처럼 일제와 타협하고 평탄하게 살 수도 있었을 텐데 왜 자기 희생의 길로 갔는지…. 일신의 안락보다도 중요한 무언가가 있다고 굳게 믿었기에 그런 일이 가능했을 텐데, 저는 그런 신념이 때론 두렵기도 하거든요. 내가 아닌 남을 위해 내 목숨을 바친다는 것… 사실은 제 아들도 그렇게 죽어갔기에 더더욱 받아들이기가 힘듭니다."

어렵사리 나는 그녀에게 나의 의문을 말해 보았다. 부모나 자식이 선택한 의로운 길이 결과적으로 그의 자식과 부모에게는 너무나 큰 아픔이 될 수도 있으므로.

"이타적이고 비본능적일 때, 인간은 짐승과 구별된다고 하더군요. 인간만이 누릴 수 있는 가치를 실현하고 떠났기에 저는 그들의 선택을 희생이라고만 생각하지 않습니다. 어쩌면 그들은 그 순간 행복했을 거예요. 그리고 그들은 가족에게 슬픔을 주는 대신 가족보다 더 큰 테두리의 공동체를 더욱 굳건하게 지켜주었잖아요."

말하며 그녀가 내 손을 잡았다. 그리고 그 순간 나는 내가 무엇을 해야 하는지를 깨달았다. 어쩌다가 이곳까지 오게 되었는지, 스스로에게 수없이 궁금해했던 그 이유를 이제부터 써나갈 수 있을 것 같았다. 나의 슬픔보다 더 큰 테두리의 공동체를 위하여.

묘소를 떠나려다 몸을 돌려 다시 한번 아래를 내려다본다. 그녀도 내 시선을 따라 강변을 바라보며 말한다.

"저 아래 윷판대를 「광야」의 시상지로 조성해 놓긴 했지만 사실 여기가 전망은 더 좋아요."

"「광야」의 시상지가 저기라고요? 「광야」는 대륙을 노래한 시가 아닌가요? 저기가 그만큼 넓어 보이지는 않는데요."

"물론 저마다 다르게 해석할 수 있고 그게 시의 생명력이라고는 합니다만, '넓을 광'이 아닌 '빌 광'을 쓴 걸 보면 만주 벌판 같은 넓은 곳이 아니라 크기와 상관없이 누군가에게 빼앗긴 빈 들판이 저는 먼저 떠오릅니다. 비어 있으면 당연히 넓어 보이기도 할 테지요. 일제에 빼앗긴 우리 삶의 터전처럼, 폐허가 되어버린 고향 마을의 들판처럼…"

광야廣野가 아닌 광야曠野를 내려다보면서 나는 그들이 바라보던 높은 세계의 쓸쓸함과 위대함에 대해 생각해 본다. 그들이 목숨 걸고 지키고자 했던 것들을 생각해 본다. 침범할 수 없는 가치. 인간다운 삶. 그리고 광야.

> 까마득한 날에
> 하늘이 처음 열리고
> 어데 닭 우는 소리 들렸으랴
>
> 모든 산맥들이
> 바다를 연모해 휘달릴 때도
> 참아 이곳을 범하던 못 하였으리라
>
> 끊임없는 광음光陰을
> 부즈런한 계절이 피여선 지고
> 큰 강물이 비로소 길을 열었다
>
> 지금 눈 나리고
> 매화 향기 홀로 아득하니
> 내 여기 가난한 노래의 씨를 뿌려라

다시 천고千古의 뒤에
백마 타고 오는 초인超人이 있어
이 광야曠野에서 목놓아 부르게 하리라[30]

저 멀리 굽이쳐 흐르는 낙동강의 물소리가 내 귀에 크게 들려온다. 마르지 않고 흐르는 강물 속에 그가 있음을 이제 알겠다.

퇴계의 후손으로 태어나 한학을 배우며 붓을 들었던 남자. 도쿄로 유학하고 베이징으로 유학하며 펜을 들었던 남자. 의열단이 난징에 세운 군관학교에서 총을 들었던 남자.

끝내 총을 쏠 기회는 얻지 못했으나 총탄보다 단단한 모국어로 강철 무지개 같은 시詩들을 남겨놓고 떠난 그 남자, 이육사.

---

30 이육사 시 「광야曠野」 - 《자유신문》(1945.12.17)

어두운 밤의 별빛을 노래함

—고은주 작가의『그 남자 264』

방 민 호

어두운 밤의 별빛을 노래함
—고은주 작가의 『그 남자 264』

방 민 호
(문학평론가·서울대 국문과 교수)

1.

필자는 이 소설 원고를 먼 외국으로 가는 비행기 안에서 읽고 열 시간을 달리는 기차 안에서 극심한 목디스크 통증을 앓으며 내내 작품에 대해 생각했다. 때로 거절을 못해 원고를 맡아 놓고 시간에 쫓기며 후회를 할 때가 있었으나 이번 경우는 아주 다르다.

이 소설 원고의 충실함과 아름다움을 생각할 때 필자는 보다 많은 시간을 들여 이 작품이 그리고 있는 이육사라는 존재에 대해 탐구할 필요가 있었다. 하지만 모든 여건이 허락하지 않는다. 인터넷은 아주 한정된 곳에서만 가능하고 필자는 많은 사람들과 함께 행동을 같이 해야 한다.

안타까운 마음으로 이 소설 원고에 대해 생각하고, 이 작품을 쓴 고은주 작가의 '정신세계'를 추론하고, 무엇보다 육사라는 한 고결한 존재에 관해 생각하며 이 글을 쓴다. 필자 또한 이육사라는 존재의 숨은 경배자임을 부인할 수 없기에, 이 글을 쓰는 일은 해설이라 해도 결코 쉬울 수 없다.

2.

이 소설은 모두 여섯 개의 장으로 이루어져 있고 분량은 200자 원고지 590매 분량으로 많다고 할 수 없다. 그럼에도 상대가 이육사 같은 존재인 한에서 이 '역사소설' 쓰기는 쉽지 않았을 것이다.

육사에 관한 연대기적 사실들을 재구성해 놓는데 집중할 것인가? 그렇다면 소설은 평전 같은 인상을 주기 쉬울 것이다. 소설이라면 읽는 이들에게 어떤 흥미를 선사해야 할 텐데, 육사처럼 경도 높은 정신의 소유자에게서 어떤 소설적 흥미를 구할 수 있을 것인가?

작가가 선택한 방법은 육사의 어떤 '숨겨진 여인'을 관찰자적 화자로 삼아 이육사의 내면 풍경 탐구로 들어가는 것이다. 작가는 설정한다. 육사 살아생전의 삶을 어떤 이유로 인해서 가까이서 지켜볼 수 있는 여성이 있었다. 육사와 어떤 사랑의 관계를 엮어 나간 이 여성은 육사와 자신의 이야기를 써 조카에게 남겨 주었고, 이것이 세월이 지나 비로소 세상의 빛을 쏘일 수 있게 된다.

물론 이러한 설정에는 불확실하기는 해도 근거가 없지 않다. 이육사와 절친 관계에 있던 시인 신석초의 전언에 따르면, 소설에서 말하듯이 육사에게 "비밀한 여성"이 있었으며, "먼 발치에서 그 여성을 바라다본 일이 있"기도 하다.

작가는 소설가적 상상의 자유를 활용하여, 육사의 이 숨겨진 여인을 이 소설의 첫 번째 화자로 등장시킨다. 표면상, 이 여성은 육사의 시대에 서울의 종로 뒷골목에서 서점을 운영하고 있고, 여기 우연히 들른 육사와 연애 아닌 연애의, 복잡, 미묘한 관계를 맺게 된다. 그녀는 지적인 여성이고 서점을 운영하리만큼 의식 있는 여성이기에 육사의 깊은 세계를 이해할 수 있는 가능성이 있었다. 신여성으로서 당대의 성 담론, 남성 중심적인 사회구조에 대한 비판의식을 갖추고 있기에 육사의 의식의 완전성이라든가 깊이 여부를 따져볼 수도 있는 여성이기도 하다.

육사의 연보에 따르면 이 여성이 육사를 만날 즈음 육사는 이미 결혼해 있었으므로 아내와의 사이에서 외동딸까지 남긴 육사와 이 여성의 사랑은 소설 속에서라 해도 맺어질 수 없다. 역사소설은 순전히 창안적 의도를 담은 것이 아니라면 기본적인 연대기까지 손상시킬 수는 없기 때문이다. 때문에 소설 속의 이 여성 주인공 화자는 내내 육사를 향한 외사랑 같은 연모의 감정을 키워가는 존재로 남겨진다. 그럼으로써 그녀에게 훌륭한 소설적 역할이 주어진다. 그녀는 많은 활동이 비밀에 붙여져 있었을 육사의 삶의 이면을 가까운 곳에서 지켜볼 수 있었고, 이를 회고담으로 남겨 후세에 전해질 수 있도록 한다.

여기서 필자는 하나의 흥미로운 가설을 생각해 본다. 그것은 어떤 의미에서 이 여성 주인공 화자를 작가 자신에 근접시켜 이해할 수도 있으리라는 것이다. 육사를 향한 연모의 감정을 품고 있는 이 소설의 첫 번째 여성 화자 안에는 '분명히' 작가 자신이 숨어 살고 있다. 그녀는 소설 속에서 이렇게 말한다. "그 남자, 이육사가 나의 골방에 들어섰을 때부터 그 방은 내게 감옥이 되었다. 나는 그의 이름으로부터, 목소리로부터, 눈빛으로부터 한 발자국도 나아가지 못하는 수인이 되었다. 그가 내게 한 발자국만 더 가까이 다가오기를 간절히 염원하면서."

이러한 문장은, 마치, 이 소설을 쓰겠다고 마음먹은 후 육사라는 존재에 관해 탐구하면서 급기야 그를 향한 어떤 애타는 사랑의 마음까지 품게 된 작가 자신의 내적 정황을 고백하고 있는 것처럼 들린다. 이런 때 '수인'이 되는 것, 소설적 형상화의 대상으로부터 한 발자국도 나가지 못하는 존재가 되는 것은 차라리 행복한 일이다. 다만, 이 대상이 소설을 쓰는 자신을 향해 스스로를 밝게 내보이며 다가와 주기만 한다면 말이다.

그러나 육사는 결코 쉬운 존재는 아니다. 소설 속에서 육사를 향한 애타는 연모의 마음을 '풀 수 없었던' 여성 주인공처럼 작가 자신도 육사의 내면적 정황들을 헤아리는데 깊은 어려움을 겪어야 했을 것이다.

　예를 들어, 이 소설에는 육사가 남긴 시들과 수필 작품들이 등장하는데 이들 중 상당수는 현대문학 연구자들도 해석에 어려움을 겪어온 것들이다. 시인이자 동시에 '조직 활동가'였던 육사의 복잡하면서도 비밀스러운 행적과 그에 따르는 복합적인 의미망을 충분히 헤아리지 않으면 접근하기 어려운 것들로서, 아직까지도 정확한 독해에 어려움을 선사하는 대목들이 많다.

　이러한 육사 문학의 '난경'을 감안할 때 "그 남자, 이육사가 나의 골방에 들어섰을 때부터 그 방은 내게 감옥이 되었다."라는 문장은 아주 의미심장하게 다가온다. 작가의 드높은 탐구욕에도 불구하고 육사라는 존재는 작가에게 내내 비밀스러운 존재로서, 친밀한 접근을 거절하는 숭고한 존재로서 자신의 영역을 감춰두고 있다. 작가는 그를 향한 '애타는' 접근의 시도를 행하지만 소설을 다 끝내고도 많은 것이 남겨지지 않을 수 없다.

　그러므로 이 소설은 작가가, 저는 육사와 그의 작품들을 여기까지 읽어낼 수 있었습니다, 하는 일종의 심경 고백과도 같은 성격을 지닌다고 할 수 있다. 해석의 어려움은 육사의 이야기를 하나의 화자로 밀고나가기 어렵게 하는 측면이 있다. 이 어려움을 작가는 두 번째 화자를 설정함으로써 해결하려 한다. 첫 번째 화자가 담당한 처음의 두 개 장에서 1939년경의 육사를 그려낸 작가는 이제 화자를 바꾸어 첫 번째 화자의 조카로 설정된 현대의 젊은 여성을 등장시킨다. 이에 따라 소설의 이야기는 육사의 일제 강점기에서 팔십 년을 격한 현재의 이야기로 뛰어넘게 된다.

소설 속에서 이 두 번째 화자는 실존 인물이라 할 육사의 따님 이옥비 여사와 만나게 된다. 그런데, 그렇게 하고도 다시 소설의 이야기는 육사의 시대로 돌아갈 수 있을까? 이 소설의 플롯 상의 뛰어난 점은 이 소설이 두 번째 화자를 등장시킨 후에도 다시 여러 번 육사의 시대였던 1940년대 전반기와 해방공간으로 돌아갈 수 있었던 데 있다고 생각된다. 그럼으로써 작가는 시대를 넘나드는 육사의 해석적 의미망을, 그 지평을 확장시킬 수 있었다.

역사적 인물로서의 육사의 내면 풍경을 형상화하는데 많은 어려움을 겪으면서도 작가는 사랑을 향한 용기를 가진 사람처럼 앞으로 나아간다. 많은 자료들을 섭렵한 후 퍼즐 맞추기처럼 여러 텍스트들을 긴밀하게 연결짓는 소설적 이야기의 자연스러움은 작가가 이러한 나아감에 성공했음을 시사한다.

작가는 과거로서의 육사의 일제 강점기와 현재의 살아 있는 따님 이옥비 여사의 시대를 교차시키며 육사라는 존재의 내부 세계를 향해 점점 더 깊이 육박해 간다. 이 작업은 결코 쉽지 않을 텐데, 그럼에도 이야기를 전개해 나가는 소설의 문장들은 간결함과 분명함을 갖추고 있다. 작중에 배치된 시 작품들의 위치와 이를 매개로 한 육사의 내면적 정황의 자연스러움은 작가적 탐구의 성실함과 깊이를 입증해 준다.

그리하여 이 소설은 결국 추리소설 같은 '추적'의 플롯을 가진 흥미로운 내면 탐색의 소설로 완성될 수 있었다. 작가는 육사라는 고결한 존재를 그 살아있는 내면으로부터 그려내는 솜씨를 발휘한 것이다.

3.

이 맛깔스러운 소설 속에서 중심적인 주인공 화자를 이루고 있는 동해서점의 여성과 육사의 만남은 1939년부터 1942년경까지 이루어진다. 그 후에도 이 여성은 육사가 비밀스러운 활동 속에서 국외로 나갔다 들어와 체포되고 죽음을 맞이하기까지, 그리고 해방과 더불어 육사의 시 작품들이 하나의 시집에 엮어지기까지, 육사의 많은 사연들을 놓치지 않고 목격하는 인물로 나타난다.

이 여성은 우연히 육사를 만난 처음부터 여성 문제를 놓고 논쟁적인 대화를 나누던 때로부터 시작하여 육사의 사유세계를, 그 인간성을 깊이 이해하고자 하는 동반자적 존재로 점점 더 앞으로 나아간다. 그리고 이는 앞에서 언급했던 것처럼 작가로서의 고은주 씨 자신이 확보한 해석적 깊이와 넓이를 투영하고 있다고 할 수 있다.

필자는 지난 이십 년 동안 많지는 않다 해도 여러 역사소설들을 접해왔고 그러면서 이 소설 속 인물을 상대하는 작가적 공력이나 가치의식, 성실성 따위에 대해 이렇게도 저렇게도 생각해 볼 수 있는 기회가 있었다. 예를 들어, 이순신에 관한 역사소설만 해도 지난 이십 년간 우리는 김훈과 김탁환의 사례를 볼 수 있었던 것이며, 이 이순신 서사의 연원은 더 멀리 신채호나 박은식, 그리고 이광수에게로까지 소급해 올라갈 수 있는 성질의 것이다. 어떤 작가는 대상에서 자기 자신을 보기도 하고, 어떤 작가는 국가적 수난의 '정복자'를 만나기도 하며, 또 어떤 작가는 자기 자신의 어떤 욕망을 위해 대상을 사용하기도 한다.

과연 이육사는 어떤 존재였을까? 그에 관한 많은 언설들, 자료들에 나타난 육사는 간단히 설명할 수 없다. 그는 1904년생으로 소설 쪽에서 1902년생 채만식, 1904년생 이태준과 거의 동년배지만 문학사의 맥락에서 보면 훨씬 후대에 '처진' 사람으로 나타난다. 그가 시인으로서 문단에 모습을 나타내기는 1933년 즈음이지만 1937년의 동인지 《자오선》이 거의 본격적인 시작이었던 것이며, 여기에 그는 「노정기」, 「교목」, 「파초」 등의 시를 발표했고, 1939년에 《문장》에 유명한 「청포도」를 발표한다. 문학사 상으로 이 시기는 한국문학이 카프 해체와 더불어 일종의 '전형기'에 들어서 있었으며, 앞에서 말한 그의 동년배의 작가들은 이미 한 굽이를 돌아 새로운 창작 방향을 모색하고 있을 때였다. 그보다 나이가 훨씬 어린 1910년생의 이상 같은 시인이 자신의 문학적 생애를 이미 다 끝내고 1937년에 이미 세상을 등진 것을 생각하면

209
작품 해설

이육사의 뒤늦은 문단 출현은 여러 가지 생각을 하지 않을 수 없게 한다.

그러니까 그는 문학사 상에 자신의 위치를 통상적으로 설정할 수 없는 존재로서, 문단의 이방인, 이단아로서, 그러면서도 가장 완미한 언어의 조탁과 균형미를 품에 안은 시인으로서, 단번에 이미 완성된 존재로 문학 세계에 모습을 나타냈던 것이다. 그 사정을 우리는 많은 자료를 통해서 알고 있다. 그는 퇴계 집안의 후예로서 어려서 한학을 배우고 일본보다 중국에 더 오래 가서 학문을 익히고 독립운동에 뛰어들었으며, 국내에 들어와서는 숱한 옥고를 치르면서 언론 활동에 종사하기도 했으며, 이러한 흐름 속에서 자신만의 돌올한 시세계를 구축해 나갔다.

의열단으로 집약되는 그의 독립운동 노선에 관해서는 지금 필자가 이 글을 쓰고 있는 2019년, 그러니까 삼일운동 백주년에 즈음하여 이루어지고 있는 많은 논의들 속에서 약산 김원봉 등에 대한 평가 문제와 관련하여 논의들이 새롭게 이루어지고 있음을 살펴볼 수 있다. 필자는 그와는 또 다른 맥락에서 몇 년 전부터 좀 더 관심을 갖게 된 단재 신채호 선생의 생애 및 활동과 관련하여 이 의열단에 대해 이것저것 생각해 오고 있기도 했다. 단재는 신민회 활동이 좌절된 후 해외로 망명하여 조선 상고사 연구를 밀어붙이는 한편으로 자치론, 문화운동론, 외교론, 준비론 등의 '유약한' 독립운동을 기각하면서 「조선혁명선언」 같은 의열단 사상의 집약한 문장을 남기기도 했다.

육사의 생애사와 문학적 활동 과정, 특히 그의 시들에 담긴 어떤 상징적 메시지들은 과연 그의 의열단을 중심으로 한 독립운동의 정신에 그 맥락이 담겨 있다 하지 않을 수 없을 텐데, 그러한 한편으로는 한 개체적 인간으로서 이육사라는 '고결한' 존재가 유년 시대부터 자기 안에 품어 싹 틔우고 성장시켜 온 고유한 그리움의 세계가 있다. 이 소설의 작가도 작품 여러 곳에서 이미 이야기하고 있지만 육사는 '고향'이라는 장소적인, 그러면서도 미지의 공간적인 이미지에 매료되어 있었던 시인이며, 이는 앞에서 언급한 그의 두 세계를 통합하는 시적 언어였으며 정신적 지향점이었던 것으로 생각된다. 긴장되고도 삼엄한 투쟁의 세계를 살아갔던 그는 그러면서도 깨끗하고 아름다운 삶의 거처를 향한 깊은 동경을 품고 있었으며 바로 그러한 현실 '초극'의 정신적 지향점으로 인해 그는 현실의 위험과 어려움을 주저 없이 끌어안을 수 있었다.

작가는 이 소설을 통하여 이러한 이육사의 생애와 문학의 '비의'를 향해 얼마만큼, 어디까지 육박해 들어갔던 것이며, 또 얼마나 독창적인 고은주 레떼르의 이육사를 창출할 수 있었던 것일까? 여기서 필자는 지금 이 절에서 필자가 논의한 그러한 점들이 육사에 관해 쓴 이 소설 읽기의 측면들임을 밝혀두는 것으로 만족하고자 한다.

그러나 다만 하나, 필자는 이 소설 원고를 다 접하고 작가가 이

고결하면서도 아름다운 존재 이육사에 관한 새로운 해석적 이미지를 제출하는데 성공했음을 믿는다.

이 소설 속에서 두 사람이 만난 이 때는 1939년의 가을로 '기록'된다. 소설에 이 시기는 다음과 같이 소개되어 있다. "1939년 가을의 경성은 불균형이 빚어내는 카오스로 혼란스러웠다. 지나친 현란함과 지나친 어둠, 지나친 가벼움과 지나친 무거움. 그 사이에서 많은 이들이 수탈과 악행과 치욕을 잠시 잊을 수 있는 소비 유흥 문화에 빠져들었다. 백화점, 다방, 술집, 영화, 유성기……노면 전차길과 구불구불한 골목길을 따라 식민지의 욕망은 어지러이 돌아다녔다. 하지만 일본인과 조선인, 자본가와 노동자, 그들 사이의 거리는 여전히 멀었다."

국문학 연구자로서 필자는 이때부터 해방되기까지의 시기를 '경성 데카당스'로 지목한 바 있다. 작가가 여성 화자의 목소리를 빌려 말했듯이 1939년 전후부터 1940년대 전반기에 이르는 이 시대는 일종의 어두운 '카오스'에 휘말려 들어 있었다. 이성적인 지성은 파시즘으로 치닫는 일제 통치의 메커니즘이 머지않아 파산에 다다를 수 있을 것이라 진단했으나 '사실'은 그렇지 않아 보였다. 지성의 파산을 선고하기라도 하는 듯, 사람들은 지배 권력의 손아귀 안에서 욕망의 노예로 전락해 버린 듯했다.

육사는 이 시대에 피어난 한 떨기 매화였다. 매화의 참된 가치는 정녕 봄이 아직 오지 않은 겨울이어서야 빛나는 법이리라. 그는 이 어두운 밤의 시대를 밝힌 아리따운 별빛이었다. 낮을 사는 사람들은 이 별빛의 소중함을 깨닫지 못하는 때가 많다.

4.

작가 고은주 씨에게서 이 소설 원고에 관한 한 통의 메일을 받고 필자는 어떤 기습 같은 마음의 움직임을 느꼈다. '육사 탄생 115주년 다음날'로 되어 있는 메일에는 한 편의 소설 원고가 첨부되어 있었다.

해설의 글 이전에 필자는 그의 작품을 읽어보고 싶은 강렬한 '유혹'에 사로잡혔다. 앞에서도 말했듯이 필자 역시 육사 시인의 숨은 '숭배자' 가운데 한 사람임을 부인할 수 없었기 때문이다.

일제가 지배하던 1940년 전반기는 이른바 '암흑기'라 지칭되는 것이 일반적이다. 필자 또한 오랫동안 그렇게 말하기를 주저하지 않았는데, 그만큼 이 용어는 일제 통치가 가혹하다는 뜻으로 통용될 수 있었다.

약 십오 년 전쯤 학문적 관심을 이 시대로 돌리면서 필자의 인식은 아주 달라졌다. 암흑이란 빛이 스며들지 못하는 완전한 어둠을 의미하지 않던가. 반면, 이 이육사의 시대는 분명 캄캄하다할 수 있었지만 이 어둠을 암흑에 시종치 못하게 하는 별과 같은 존재들이 살아 숨 쉬고 있었다.

가혹한 어둠 속에서도 이 별들은 스스로 환히 빛나면서 자기와 같은 존재들을 향해 그 '살아 있음'의 신호들을 보내고 나누었다. 필자는 이들의 존재를 강렬하게 인식할 수 있었다. 비록 연구는 불충분하지만 이 시대를 규정하는 개념이 바뀌어야 한다는 생각에 다다랐다.

또, 언젠가 필자는 시인 오장환에 관한 하나의 글을 준비하면서 그가 일본에서 이육사에게 보낸 엽서에 주목했다. 1918년생 오장환이 1904년생 대선배인 육사를 향해 존경을 표명한 것은 이상스럽지 않았다. 두 사람은 《자오선》 동인이었다. 그러나 1940년 전후의 시점이 시점이니만큼, 그리고 서정주와는 다른 오장환의 시인으로서의 행적을 감안할 때, 나아가 육사라는 그 시대의 북극성과 같은 위치를 고려할 때, 그 한 장의 엽서의 존재는 범상히 넘길 수 없는 무게를 지니고 있었다. 이 엽서를 통해 그 시대의 문학계가 육사라는 존재의 의미를 가볍게 넘길 수 없었음을 직각하게 했다.

이런 식으로, 육사라는 존재는 필자의 시야 안으로 들어오기 시작했다. 특히, 박현수 시인이 펴낸 『원전 주해 이육사 시 전집』은 내게 놀라움을 불러일으켰다. 그 아름다운 상징적 어휘들, 숨겨진 의미들, 저항과 아름다움의 숨 막힐 듯한 공존, 균형, 죽음에 대한 두려움을 뛰어넘는 정신의 높이, 깊이……

하나의 깨달음, 그것은 금강석 같은 경도를 가진 정신의 시인이 아니고서는, 순금 같은 순도를 갖춘 시인이 아니고서는 그 시대의 깊은 어둠을 밝힐 수 없었으리라는 것이다. 육사니, 동주니 하는 시인들이 바로 그러했고, 그 중에서도 육사는 그 자각의 높이와 의식성에서 다른 누군가에 비견될 수 없다.

그 캄캄한 어둠을 밝히던 존재들 가운데 몇몇은 살아남아 해방의 빛살을 받을 수 있었다. 육사는 동주와 함께 그렇게 하지 못했다. 그들의 육신은 시대의 희생양으로 역사의 어둠 저편에 남겨진 채 그들의 정신만이 '사선'을 넘어 해방된 세계에 이어질 수 있었다. 그때 그들의 정신은 유고 시집에 실려 찬연히 빛났다. 대낮에도 환히 빛날 수 있는 타오르는 정신들이었다.

시간이 흐르면서 그들의 존재의 빛은 가셔진 듯도 했다. 사람들은 순금 같은 이 존재들의 의미를 잊어버린 듯했다. 하지만 그렇지 않은 사람들이 있는데, 필자가 지금 논의한 소설의 작가 고은주 씨가 바로 그러한 사람임을 필자는 믿는다. 세상이 유행에 치중할 때 세태적 추세와는 다른 길을 가는 사람들이 없지 않다. 그리고 그들이야말로 세상을 위해서 필요한 존재들이다.

만약 '역사가'로서의 소설가가 지나간 시대를 그 시대를 지배한 이들만의 논리대로 그릴 뿐이라면 그는 한갓 '글쟁이'에 지나지 않을 것 아닌가. 글 쓰는 사람들이 자주 힘의 논리에 휘말리고 내면의 진실에 눈과 귀를 기울이지 않을 이 때, 육사라는 한 존재를 향해 탐구의 시간을 바친 이 작가의 노고는 얼마나 귀한 땀방울

이겠는지 생각한다. 이 한 편의 소실이 작가의 이름을 오래 기억
하게 해줄 것이다.

□ 작가의 말

경계에서 부르는 노래

경계에서 부르는 노래

'이육사 문학축전'에 참석하기 위해 난생 처음 안동을 찾았던 것이 3년 전 겨울이었다. 그때만 해도 나는 육사에 대해 몰랐다. 안다고 생각하고 있었으나 실은 모르고 있었던 것이다. 행사가 끝난 뒤, 육사의 외동딸 이옥비 여사와 인사를 나누는데 문득 시인의 존재가 느껴졌다. 교과서 속에 박제되어 있는 시인이 아니라 어린 딸에게 "다녀오마"라며 떠나 일제의 감옥에서 죽어간 아버지로서의 존재감이었다.

육사에 대해 제대로 알기 위해서라도 안동을 다시 찾아야겠다는 생각을 했지만, 그 고즈넉한 도시를 다시 찾게 된 것은 1년이 지난 뒤였다. 개인적으로 심란했던 시기에 계획도 없이 훌쩍 떠난 여행 길에서였다. 그 사이에 리모델링이 끝난 이육사 문학관을 찬찬히 둘러보다가 사무국장님과 마주쳤을 때, 육사의 인생에 등장하는 여성들에 관한 이야기를 들었다. 어머니, 아내, 딸, 동지, 그리고 비밀의 여인까지…. 문학관 북카페의 창밖으로 펼쳐진 육사의 고향 풍경 위에 그 모든 이야기를 펼쳐놓고 싶어진 순간이었다.

　그리하여 지난 한 해 동안 나는 '이육사'라는 이름에 사로잡혀 지냈다. 서울과 안동을 오가며 답사와 인터뷰를 거듭하면서, 관련 자료를 찾아 도서관과 인터넷을 뒤지면서, 매순간 나는 행복했다. 육사는 알아갈수록 매력적인 인물이었다. 의열단이 세운 조선혁명군사정치간부학교를 졸업한 독립운동 비밀 요원으로서도, 차가운 감옥에서 죽어가는 순간까지 마분지에 시를 썼던 시인으로서도, 그는 강인하고 아름다웠다.

　하지만 투사와 시인, 전통과 신문화, 군인과 선비, 이성과 감성의 경계를 넘나들었던 그의 인생을 하나의 선명한 이야기 속으로 끌어들이기는 쉽지 않았다. 역사와 허구, 삶과 문학, 현실과 소설의 경계에서 나는 자주 길을 잃곤 했다. 총을 들 수 없을 땐 펜을 들었고, 펜을 들 수 없을 땐 총을 들었던 그의 거침없는 행보 앞에서 나는 매번 압도당했다.

　그래서 나는 그저 묵묵히 육사의 발자취를 따라가 보기로만 했다. 그의 성장 배경과 독립 운동, 그리고 문필 활동은 유기적으로 결합되어 있어서 결코 떼어놓을 수가 없었다. 항일 비밀결사 대원답게 육사의 독립 운동 행적은 명확히 남아 있지 않지만 그가 남긴 40편의 시와 40여 편의 산문에는 그의 마음과 행동이 스며

들어 있다. 나는 그 작품들을 최대한 소설 속에 녹여 넣어 그의 시가 강처럼 흐르고 그의 산문이 언덕처럼 솟아 있는 풍경을 그려보고자 했다.

인간의 의지가 시험받던 야만의 시절, 인간다운 세상을 위한 해방을 꿈꾸며 끝까지 강하고 아름답게 저항했던 이육사. 그의 인생을 담은 이 소설을 읽으면서 인간다운 삶과 자기 희생, 기억과 기록의 의미, 그 누구도 움직일 수 없는 '마음'에 관해서까지 함께 생각할 수 있으면 좋겠다.

국문학도 시절에 현대시 해석의 첫걸음을 가르쳐 주셨던 김현자 교수님에서부터 최근의 새로운 해석으로 내게 일깨움을 주셨던 도진순 교수님까지 여러 학자들이 발표한 육사 시에 대한 논문들이 아니었다면 이 소설은 씌어질 수 없었을 것이다. 도산서원 선비문화수련원 김병일 이사장님, 그리고 퇴계 종택을 지키고 계신 종손 이근필 선생님의 말씀 또한 소설을 쓰는 내내 중심이 되어 주었다.

의미 있는 작업으로 이끌어준 이육사 문학관의 이위발 사무국장님, 크고 작은 자료들을 세세히 챙겨준 신준영 차장님, 그리고 낙동강의 발원지인 태백에서부터 안동 원촌마을까지 함께 걸어주었던 신상준씨에게도 고마움을 전한다. 이옥비 여사님께는 감사 그 이상의 존경을 보내며….

수부선행水浮船行. 모두가 함께 이 배를 띄워 올렸으니 이제는 독자들의 마음을 따라 자유롭게 흘러가기를 바랄 뿐이다.

그 남자
264
고은주 장편소설

초판 1쇄 발행·2019년 7월 12일
초판 8쇄 발행·2022년 6월 3일
지은이·고은주
펴낸이·김종해
펴낸곳·문학세계사
주소·서울시 마포구 신수로 59-1(04087)
전화·02-702-1800
팩스·02-702-0084
이메일·mail@msp21.co.kr
홈페이지·www.msp21.co.kr
페이스북·www.facebook.com/munsebooks
출판등록·제21-108호(1979. 5. 16)
ⓒ문학세계사, 2019

값 13,000원
ISBN 978-89-7075-917-3 03810

이 도서의 국립중앙도서관 출판예정도서목록(CIP)은 서지정보유통지원시스템
홈페이지(http://seoji.nl.go.kr)와 국가자료공동목록시스템(http://www.nl.go.
kr/kolisnet)에서 이용하실 수 있습니다. (CIP제어번호: CIP2019025647)